Hartedief

Chris Jansen

Outeur: Chris Jansen
Voorbladontwerp: Ria Richards

Geset in Franklin Gothic Book 12pt

Alle regte voorbehou
Kopiereg © Chris Jansen
ISBN 9798842968893

Eerste Uitgawe 2022

Hierdie boek mag nie sonder skriftelike verlof van die uitgewer of skrywer gereproduseer of in enige vorm of langs enige elektroniese of meganiese weg weergegee word nie, hetsy deur fotokopiëring, plaat- of bandopname, mikrofilm of enige ander stelsel van inligtingsbewaring.

Uitgegee en gedruk deur
Malherbe Uitgewers

Hoofstuk 1

Hy het sy speurwerk deeglik gedoen. Haar naam is Karen Steenkamp en die misdaad het sy met haar lang rooibruin hare en groen oë gepleeg.

Karen het net die kantoorgebou verlaat toe iemand haar op die skouer tik. Met die omdraaislag kyk sy vas in die mooiste roesbruin oë.

"Karen Steenkamp?"

Sy frons. "Ja, dit is ek. Waarmee kan ek help?"

"Speurder-sersant Johan Smith."

Hy stel homself bekend en wys haar sy identiteitskaart. Karen skrik haar yskoud.

"Kom ons gaan sit in die koffiewinkel dan vertel ek jou van die saak." Sy hand om haar arm is ferm en Karen het nie 'n keuse as om saam met hom te stap nie. Hy bestel vir hulle koffie.

"Waaroor gaan dit?" wil sy grootoog weet terwyl hulle vir die koffie wag.

Johan maak sy keel skoon. "Karen, ek moet jou aankla van diefstal."

"Diefstal? Jy is laf! Nog nooit in my lewe het ek iets gevat wat aan 'n ander behoort nie!" Haar verontwaardiging lê duidelik sigbaar op haar gesig.

"Hoe seker is jy daarvan?" wil Johan met 'n geligte wenkbrou weet.

"Doodseker!!" Karen voel hoe sy warm onder die kraag raak, en haar groen oë blits gevaarlik. Nie eers 'n sluk koffie kan haar kalmeer nie. Sy sit die koppie neer.

"Karen, jy het my hart gesteel; daarvoor arresteer ek jou."

"Wat?" Voor sy iets verder kan sê vat Johan haar hand en betower haar met sy glimlag. Meteens besef Karen dat die man hier voor haar iets heeltemal anders bedoel.

"Dit gaan jou duur te staan kom, Johan Smith," sê Karen met 'n glimlag van verligting.

"Noem jou prys, ek betaal dit met die grootste liefde," stem Johan in, dankbaar dat sy nie vies is nie.

Karen glimlag terwyl sy 'n haarstring uit haar gesig vee. Haar oë blink. "Ete by Alemera, 19:00, en moenie laat wees nie." Sy fladder haar wimpers.

Nog voor Johan iets kan sê knipoog sy vir hom en stap heupswaaiend by die deur uit. Klein snip, dink hy en glimlag toe hy opstaan om te gaan betaal.

Die meisie agter die toonbank kyk hom agterna. Wat 'n hunk van 'n man, dink sy. Met daai breë skouers en biseps kan hy enige tyd sy skoene onder haar bed uitskop.

Johan sien nogal uit na vanaand, want Karen het sy voete behoorlik onder hom uitgeslaan en hy wil haar graag beter leer ken. Dit is nou al drie jaar wat Lanie, sy vrou, oorlede is. Sy was die liefde van sy lewe. Hy het nooit gedink hy sal 'n ander kan liefkry nie, maar Karen het sy voete onder hom uitgeslaan vandat hy haar die eerste keer gesien het. Dit is nou tyd vir 'n nuwe begin. Hy word nie jonger nie, hoewel 32 nie oud is nie, net meer volwasse.

Karen sing lekker toe Kurt Darren se 'Kaptein, span jou seile', oor haar motor se radio speel. Sy is opgewonde, maar tog ook bang oor die impulsiewe afspraak van vanaand. Dit is nou 'n jaar gelede dat sy haar verlowing met Neels Pieters verbreek het. Sy kon nie langer sy woedeuitbarsting en verbale vernedering hanteer nie; 'n regte narsis. Dit is nou die eerste keer na haar mislukte verlowing dat sy weer saam met 'n man uitgaan, en om dié rede verkies sy haar eie vervoer. Dit bied haar 'n mate van veiligheid.

Tuis het sy net die ketel aangeskakel toe haar selfoon lui. Dis Marie Vermaak, sien sy op die skerm.

"Hi, Vriendin," groet sy.

Marie groet en val met die deur in die huis: "Vanaand is dit girls night by Dee's. 'n Orkes en die Naughty Cowboys dansgroep tree daar op. Dis die manne met die six packs wat kaalbolyf dans," giggel sy.

"Ag nee, Marie. Dat dit nou vanaand van alle aande moet wees wat ek uitgaan op 'n date," sug Karen.

"Jy het 'n afspraak? Saam met wie?" vra Marie nou die ene ore.

"Van nuuskierigheid is die tronk vol en die kerk leeg," lag Karen. "Ek het 'n ete-afspraak saam met Johan Smit by Alemera, en so terloops hy is 'n speurder, so moontlik ken jy hom."

"Bedoel jy Bulldog? Het hy kort swart hare, bruin oë met breë skouers?" wil Marie weet.

"Ja, maar waarom die naam Bulldog?" vra Karen.

"Ons aanklaers het hom die bynaam gegee, want hy is enige vrou se droom en 'n skelm se nagmerrie. Ek moet erken, hy is aantreklik en die vroue is nogal gaande oor hom, maar na sy vrou se dood so drie jaar gelede, leef hy net vir sy werk. Hy werk ook nou saam met mevrou Nell, die maatskaplike werker. Gesinsgeweld en kindermishandeling is sy forte," lig Marie die sluier oor Johan Smith, se doen en late.

Dit stel Karen gerus oor haar voorgenome afspraak. "Dankie vir die inligting, vriendin," sê sy.

"Gaan en geniet dit, en onthou ons koffie afspraak môre. Ek wil al die sappige detail hoor," waarsku Marie tergend voordat sy groet.

Karen ervaar 'n gevoel van opwinding terwyl sy stort, byna soos vlinders wat in die maag wat vlerke fladder. Na haar gesprek met Marie voel sy baie meer gerus. Sy moet erken Johan Smith het haar voete onder haar uitgeslaan.

'n Mosgroen toppie met 'n ronde hals, swart langbroek, netjiese swart hofskoene en haar gunsteling parfuum, gee haar die nodige selfvertroue vir die aand.

Johan wag op haar in die parkeerarea van Alemera. Hy glimlag en maak die deur vir haar oop toe sy haaar motor afskakel.

"Naand, Hartedief. Jy lyk asemrowend mooi vanaand."

Karen bloos effens oor die troetelnaam.

"Dankie, jy lyk self nie sleg nie."

Hy glimlag, neem haar aan die elmboog en stuur haar langs die trappies verby in die rigting van die tuin.

"Wow! Wow! Dit is ongelooflik mooi!" sê Karen verras.

Feetjieliggies en lanterns wat in die bome hang, verlig die tuin. 'n Tafel vir twee is in die hoek langs 'n spuitfontein gedek. Om 'n romantiese atmosfeer te skep, is teeliggies aan weerskante van die tafel geplaas, 'n silwer ysemmer met 'n bottle sjampanje en twee langsteel sjampanjeglase. Een rooi roos op 'n witbord rond die tafel af.

Karen is sprakeloos. "Dit is asemrowend mooi. Dankie, Johan!"

"Hartedief, jy het mos gesê dit gaan my kos." Sy oë is tergend en sag.

Dit word 'n onvergeetlike aand waarin hulle onderhoudend gesels en mekaar só beter leer ken.

"Die naam Bulldog ... waar kom dit vandaan?" wil Karen nuuskierig weet.

"O nè, jy het jou huiswerk gedoen sien ek," terg Johan. "Ek sal nooit die dag vergeet wat jy my hart gesteel het nie. Dit was 'n Vrydag gewees. Jy het met 'n pak hofdokumente die gang afgestap, op pad na Marie toe. Jou engelgesig, groen oë en lang roesbruin hare, het my vir 'n ses geslaan ... om van die mooiste paar kuite nie eers te praat nie!" Hy glimlag, neem haar hand in syne en bring dit tot by sy lippe om 'n sagte soen daarop te druk. Terwyl hy dit so vashou kyk hy diep in haar groen oë.

Karen ervaar 'n gevoel van tinteling deur haar lyf beweeg. Sy glimlag. "Ja, jou ou vleier," antwoord sy met 'n hees stem.

Te gou is die aand verby. Dit is net na 23:00 toe hulle opstaan om te vertrek.

"Dankie vir 'n wonderlike aand," sê Johan. Met dié kom 'n kelner aangestap met 'n bos rooi rose in die hand en oorhandig dit aan haar. Karen bedank hom, en neem die kaartjie. 'My hartedief' is al wat daarop staan.

Sy kyk met blink oë na Johan. "Dankie, dit is pragtig," sê sy.

Daar dans duiweltjies in Johan se bruin oë.

"My boetedoening vir 'n verkeerdelike arrestasie. Hopelik is ek vergewe?" Hy glimlag. "Kom, ry jy voor sodat ek jou veilig by jou huis kan besorg," sê hy met 'n vonkel in sy oë.

"Is dit nou omkoop tegniek, hmm? Ek sal jou beloon met 'n beker koffie vir jou moeite."

Dit laat 'n warm, veilige gevoel terwyl Johan se kar die hele tyd reg agter haar bly terwyl sy huis toe ry. By die kompleks sleutel sy 'n kode in wat die hek laat oopskuif. Johan volg haar toe sy deur die hek ry. Met die afstandbeheer maak sy die motorhuis deur oop en parkeer haar motor.

Johan is dadelik daar om die deur vir haar oop te maak. Hy neem die voordeursleutel en sluit dit oop, staan dan terug sodat sy vooruit kan stap. Sy oog vang dadelik die stylvolle, maar ook huislike atmosfeer wat sy in die vertrek geskep het.

"Sit, maak jou tuis terwyl ek vir ons gaan koffie maak," nooi Karen.

"Wag, ek stap saam."

In die kombuis skakel sy die ketel aan en haal die bekers uit die kas. Johan se selfoon vibreer. Hy sien kaptein Swart se naam op die skerm.

"Verskoon my, ek sal moet antwoord," sê hy.

Karen sien die frons tussen sy wenkbroue, terwyl hy 'n kortaf gesprek voer.

"Karen, ons sal die koffie moet uitstel vir 'n ander aand. Iets het voorgeval. Ek is werklik jammer," sê Johan en soen haar vlugtig op die mond.

Die soen het haar onkant betrap en sy struikel oor haar woorde toe sy hom bedank vir die aand, en hom die kode van die hek gee.

Johan glimlag en knipoog vir haar. "Tot weersiens," groet hy.

Sy kalm front verdwyn egter die oomblik toe hy in sy kar klim. Woede is besig om in hom op te vlam toe hy ry en dit raak erger hoe nader hy aan 'n woning in 'n gegoede woonbuurt kom. Bure het die polisie gekontak nadat hulle die buurvrou hoor om hulp roep het, en 'n man hoor vloek en skel het. Mevrou Nell is ook gekontak, dus sal daar ook kinders by betrokke wees.

In vandag se dae ken bure nie meer mekaar nie, want almal skuil agter hoë mure. In die gejaagde lewe is daar skaars tyd vir mekaar, wat nog te sê van jou bure leer ken. Naweke speel drank 'n groot rol in stresontlading, wat dan weer in sommige gevalle bydra tot aanranding, moord, verkragting en molestering.

Johan is eerste by die adres, gevolg deur twee konstabels in 'n vangwa en mevrou Nell in die CMR bussie. Hy identifiseer homself oor die interkom en versoek dat hek oopgemaak word. Die elektroniese motorhek skuif stadig oop en hulle ry deur. 'n Man geklee in 'n blou denim, wit T-hemp en 'n paar leerskoene stap hulle tegemoet in 'n helder verligte tuin.

"Waarmee kan ek help?" vra hy kortaf.

"Meneer, ons ondersoek 'n klagte van rusverstoring. Kan ons asseblief ingaan, sodat ek die beweerde klagte kan onder-soek?'

"Hoekom?" wil hy bombasties weet. "Vra julle vrae en kry julle ry!"

Johan voel die woede wat soos 'n vulkaan in hom opbou en enige oomblik tot uitbarsting kan kom. Hy weet dit gaan 'n lang aand wees.

Hy dwing homself tot 'n kalmte.

"Meneer, kan ek asseblief met jou vrou praat?"

"Sy is nie tuis nie. Vroegaand het sy en my dogter by 'n vriendin gaan kuier."

"Het u dalk 'n kontaknommer waar ons haar kan kontak?"

"Nee. Julle het nou julle vrae gevra, so kry julle ry."

"Nie voordat ek seker gemaak het of daar iemand in jou huis is wat hulp nodig het nie."

"Het jy 'n lasbrief?"

Johan se geduld raak nou min.

"Meneer, staan asseblief eenkant laat ek die klagte kan ondersoek."

"Jou moer as jy dink jy kan netso in my huis instap."

Johan het genoeg gehad.

"Konstabel, arresteer die man vir dwarsboming van
die gereg en lees sy regte vir hom."

Hy stap die huis in. Dit wat hy sien vul hom met
afgryse en woede. Hy voel hoe sy wangspier spring
terwyl hy op sy tande byt en sy duime in sy hande
vasknyp.

Op die leersitkamerstel se dubbelbank sit lê 'n
blondekop vrou met 'n bebloede gesig, geklee in 'n
swart langbroek en 'n geel loshangende bloes wat ook
bloedbevlek is. Langs haar staan 'n dogtertjie van so
ongeveer drie jaar snikkend en huil.

Mevrou Nell kalmeer die dogtertjie terwyl Johan
reëlings tref vir 'n ambulans om hulle na die hospitaal
te neem en herinner dan die vrouekonstabel wat
teenwoordig gaan wees tydens die ondersoek, om
seker te maak die dokter voltooi die J88 vorm
volledig. Te veel sake het al misluk deur onvoltooide
of verkeerde vorms.

'n Moegheid spoel deur hom toe hy 'n rukkie later
in sy kar klim en ry. Dit is sulke tye wanneer sy oupa
se aanbod om as plaasbestuur te kom oorneem, vir
hom aanloklik raak, dink Johan wrewelrig oor dit wat
hy moes aanskou Wie weet, dalk eendag doen hy dit
nog. Maar vir nou wil hy net in die bed kom, en droom
van sy toekomstige vrou.

Hy glimlag. Karen Steenkamp weet nie dat hy
werklik soos 'n bulldog is nie. As hy byt los hy nie. Hy
doen sy bynaam beslis gestand. Vir haar gaan hy
beslis nie laat wegkom nie!

Neels Pieters se selfoon vibreer in sy sak en met die uithaal, sien hy dit is Armand Greeff, sy handlanger. "Yes, Armand. Wat is nuus?" wil hy weet.

"Wil jou net laat weet die onderhandeling met Mohammed was suksesvol. So terloops, ek sien Karen en Bulldog kuier saam," en daarmee beëindig Armand die gesprek.

Woede blits in Neels oë terwyl hy 'n nommer op sy selfoon in sleutel.

"Ek het werk vir jou," is al wat hy sê toe die persoon antwoord.

Hy het haar gewaarsku, maar soos gewoonlik luister sy nie. Soos hulle sê, as jy nie wil hoor nie moet jy maar voel, dink hy en lag sadisties.

Hoofstuk 2

Karen lê droomverlore in die bed om die warm gevoel in haar maag nog 'n bietjie te koester. Die ligte aanraking van Johan se lippe op hare, was genoeg om haar heelnag te laat droom van hande wat verstrengel raak, lippe wat liefkoos en terg, asem wat jaag ...

Haar oog vang die horlosie en met 'n spoed vlieg sy uit die bed toe sy sien hoe laat dit is. Daar is beslis nie tyd vir droom indien sy betyds vir die parkrun wil wees nie! Sy gun haarself net 'n vinnige stort, gryp die naaste handdoek en begin haar droogvryf. Dankie tog vir 'n stortkappie, want tyd vir hare droogvryf is daar nie.

Met haar swart kortbroek, blou kortmou-hemp en 'n paar grys Nike tekkies, is sy gereed. Haar hare word sommer in 'n poniestert vasgemaak, en 'n blou pet op haar kop rond haar uitrusting af.

Soos vele ander, is sy byna verslaaf aan Parkrun, wat deel is van Suid-Afrika se kultuur net soos braaivleis, brandewyn en coke, en die afwagting tussen die voornemende deelnemers, is duidelik sigbaar. Mense staan in groepies en gesels ander doen strek oefeninge, terwyl daar gewag word vir die beampte om die reëls te kom voorlees. Dit geskied voor elke parkrun.

Toe die beampte sê: "Timekeepers!! Are you ready? Go!!" druk Karen die knoppie van haar Garmin Smartwatch om die stophorlosie te aktiveer. Sy versnel haar pas om uit die bondel te kom.

By die 1 km merk loer sy vinnig op haar Garmin wat haar spoed en tyd aandui. Nogal nie sleg nie, dink sy tevrede.

Uit die hoek van haar oog sien sy 'n man verbykom. Hy draf gemaklik teen 'n vinnige pas, maar sy kan nie help om sy gespierde kuite en breë raak te sien nie. Hy laat haar nogal baie aan Johan dink, veral die swart hare wat onder die rooi pet uitsteek. Sy twyfel egter of dit hy kan wees, want die ou lyk vars soos 'n oggendbriessie en nie 'n persoon wat tot laataand uitgegaan het en toe nog gaan werk het nie. Die spoed waarteen hy draf, beïndruk haar en sy versnel haar pas.

Die steilte langs die vliegveld laat haar kuite brand en haar asem jaag effens. Met die wat sy opkyk sien sy die man met die rooi pet vêr voor haar is. Sy is nou eers by die 2.5 km merk verby. Dit spoor haar opnuut aan.

Die tydhouer roep haar tyd uit: "35 min 28 sek!" Dit is haar beste en haar vyftigste parkrun. Onder groot toejuiging lui sy die klok. Dit is deel van die parkrunkultuur hoe jy 'n prestasie aankondig en Karen doen dit met trots.

Sy fynkam die area om te sien of die man met die rooi pet nie nog in die omtrek is nie, maar daar is geen teken van hom nie. Sy sal maar moet wag vir die amptelike uitslae op die parkrun se webblad om te sien of die man dalk Johan Smith was.

Marie Vermaak en Belinda van Biljon sit op hete kole en wag vir Karen, want hulle is nuuskierigheid om te hoor hoe het gisteraand se afspraak verloop.

"Uiteindelik!" sug Marie, terwyl terg-duiweltjies in haar blou oë dans, toe Karen by hulle aansluit.

"Vertel! Ons wil elke sappige detail hoor," por Marie aan.

Karen glimlag. "Daar is niks om te vertel nie," sê sy guitig

"Ag nee! Moet nou nie so wees wees nie," pruil Belinda.

Die kelner bring hulle koffie en plaas elkeen van hulle se koffie voor hulle neer met die houer van suiker en versoeters in die middel van die tafel. Hy vra beleefd of hulle nog iets nodig het, voordat hy wegstap.

"Vertel nou, asseblief!" soebat Marie behoorlik.

"Nou maar goed, as julle so aanhou." Karen sien die afwagting op hulle gesigte, en die terggees in haar skop in werking, derhalwe besluit sy om hulle siele nog 'n bietjie langer te versondig.

"In 'n neutedop... Dit was 'n baie lekker ete, maar toe is Johan uitgeroep en moes gaan werk," sê sy met 'n ernstige gesig, en wikkel haar skouers ongeërg.

Dit raak doodstil om die tafel.

"Bliksem!" verbreek Belinda die stilte.

"Mens sal sweer die man is getroud met sy werk? Kan jy glo ... onderbreek 'n afspraak vir werk? Ag nee man!!" blaas Marie stoom af.

Karen bars uit van die lag blaas 'n haarstring wat losgekom het uit haar gesig.

"Dit was die mees romantiese ete ooit. Tafel vir twee buite in die tuin langs 'n spuitfontein: feetjieligte, teeliggies, sjampanje op ys en 'n bos rose. Dan is hy nog sjarmant en konsidererend. Hy het agter my aangery om seker te maak ek kom veilig tuis. Toe doen ek maar die eerbare ding en nooi hom vir koffie, maar ons het nooit daarby uitgekom nie, want hy moes gaan werk. Moet sê hy het sagte lippe. Maak toe julle monde. Dit is brommertyd," lag Karen.

"Slaan my om met 'n pap snoek! Wie sou dit nou van ou Bulldog kon dink?" glimlag Marie ondeund.

"Wys jou nou net, moet nooit 'n man op sy baadjie trakseer nie," sê Belinda met 'n knipoog.

Karen vertel hulle van die hunk by die parkrun: breë skouers, gespierde kuite en stewig gebou. "Was dit nie dat Johan tot laat moes werk nie, het ek my kop op 'n blok gesit dat dit hy is," voeg sy by. "As ek op die plaas was, sou ek hom kon beskryf as 'n volbloed hings," skerts sy en die drie vroue giggel verspot oor die beskrywing.

"Sal nou nie kan sê of dit hy is nie, maar wat ek wel weet is dat hy gym of gaan draf wanneer hy nie werk nie. Hy en Sean Louw gaan draf gereeld saam," sê Belinda.

"Ons braai vanaand. Johan is ook genooi, dus aanvaar ons nie 'n nee van jou nie," waarsku Marie.

Karen glimlag en skud haar kop. "Nou maar goed, siende dat jy daarop aandring."

Met 'n sierlike duikslag kloof Johan die helder deursigtige blou water en swem 'n paar lentes. Na vanoggend se parkrun en nou die swem, voel hy weer mens. Net vinnig stort dan kan hy sy beloofde beker koffie gaan opeis by Karen. Hy raak haastig wanneer hy aan gisteraand se gebeure dink … die verbasing op Karen se gesig, toe hy haar liggies gesoen het. Die opwinding borrel in hom, maar dit is van korte duur toe hy 'n rukkie later voor dooimansdeur te staan kom.

Dammit! Hoe onnosel van hom. Het hy nou werklik gedink na een aand se se afspraak dat sy hier op 'n Saterdag vir hom gaan sit en wag. Hy haal sy selfoon uit en skakel Marie met die hoop dat sy Karen se nommer sal hê.

Marie sien dit is Johan se nommer wat op haar foon se skerm verskyn. "En waaraan het ek die eer te danke? Onthou, ek is 'n getroude vrou, Sersant," antwoord sy tergend.

"Jy moenie vir jou staan en stuitig hou nie. Ek het jou hulp dringend nodig," sê hy.

"Nou laat ek hoor? Waarmee moet ek so ernstig help?"

"Het jy dalk Karen se selfoonnommer vir my? Asseblief, ek vra mooi. Ek sal vir jou sjokolade koop as jy my haar nommer gee," pleit Johan.

"Ek dog dan jy is so 'n goeie speurder, toe nou nie!" lag Marie. "En sjokolade maak vet! Onthou: a moment on the lips is a lifetime on the hips," terg sy.

"Moet jy so moedswillig wees?" brom Johan.

"Ek WhatsApp hom vir jou. Moenie laat wees vir die braai nie. So terloops het jy gaan parkrun vanoggend met 'n rooi pet op jou kop?"

"Ja, waarom vra jy?"

"Jou volbloed hings," lag Marie toe sy groet.

Johan frons en lig sy wenkbroue. As hy nie vir Marie geken het nie, sou hy gedink het sy het 'n dop teveel in.

Karen hou van die beeld wat sy in die spieël sien. Johan kom haar oplaai vir die braai en sy is nogal baie opgewonde daaroor.

Gekleë in 'n blou driekwart kortbroek, wat haar goed gevoremde bene beklemtoon. 'n Wit toeknoopbloes vou sag om die ronding van haar lyf vou. Haar rooibruin hare hang golwend los oor haar skouers. Wetend dat haar kurwes sag op die oog val, kry sy daardie opgewonde vlinder in die maag gevoel. Johan is 'n aantreklike, bedagsame man ... 'n ware gentleman soos hulle in Engels sê.

Dit is net voor ses toe hy die deurklokkie lui. Sy sien hoe sy oë oor haar lyf gly toe sy die deur vir hom oop maak, en hy binnestap.

"Karen, jy lyk asemrowend, begeerlik, verleidelik ... daar is nie genoeg woorde in my woordeskat om jou skoonheid te beskryf nie," glimlag Johan ondeund, en soen haar liggies op die voorkop.

Karen voel hoe haar hartklop versnel. "Dankie vir die kompliment, jy lyk self nie te sleg nie."

"Reg om te gaan?" wil Johan.

Karen glimlag sprankelend. "Ja!"

Johan hou die motordeur vir haar oop sodat sy kan inklim. Sy oë wat oor haar lyf streel veroorsaak 'n fladderende gevoel van opwinding in Karen se maag. Sy loer onderlangs na die paar fris bobene wat by sy kortbroek uitsteek sy en slanke vingers wat om die stuurwiel krul nie.

Hulle gesels oor alledaagse goed terwyl hulle ry en weldra stop hulle voor hulle vriende se huis.

"Naand, julle!" verwelkom Jan Vermaak op sy joviale manier. Daar word oor en weer gegroet toe hulle by die ander aansluit.

Met 'n erenstige gesigsuitdrukking vra Jan vir Johan om in die rondte te draai.

"Vir wat?" Johan kyk hulle agterdogtig aan met 'n frons tussen sy oë.

"Ek wil net sien hoe lyk 'n volbloed hings," lag Jan.

"Lyk my jy en Marie weet iets wat ek nie weet nie," knor Johan met 'n frons tussen sy wenkbroue.

Karen voel hoe haar wange warm word. Sy skaam haar morsdood as Johan moet uitvind dat dit sy was wat dit gesê het.

"Kom, kyk ons nuwe toevoeging tot die familie," nooi Marie vir haar en Belinda.

"Nooit ooit weer vertel ek julle iets nie! My lips are sealed," vaar Karen ontstoke uit die oomblik toe hulle alleen is.

Marie lag. "Ek het net so terloops vir Johan gevra of hy gaan parkrun het met 'n rooi pet op sy kop. Toe hy sê dit was hy, het ek net 'n grap gemaak oor die volbloed hings. Vergeet nou daarvan. Jan sal niks verklap nie. Kyk liewer hier."

Opgekrul in 'n bondeltjie lê die oulikste klein spierwit katjie in sy bedjie en slaap.

"Ag moeder! Dit is te dierbaar," koer Karen. Met die maak die katjie sy oë oop en gaap terwyl hy uitrek. "Wow! kyk daardie pragtige blou oë," glimlag sy en buk om die katjie op te tel. "Ek is so lief vir diere, maar ons mag geen diere in die kompleks aanhou nie," sug sy.

Die manne is besig om more se krieket eindstryd tussen die Dolfyne en Leeus te bespreek toe die vroue weer by hulle aansluit.

"En toe, wat dink julle van die nuwe toevoeging tot die Vermaak gesin? Wil Jan weet.

Dis al uitnodiging wat Karen nodig het. Sy kan nie uitgepraat raak oor die pragtige katjie nie. Dit borrel behoorlik oor haar lippe. Haar passie en liefde vir diere kan gesien in haar oë en gesigsuitdrukking, terwyl sy uitwei oor die spierwit bondeltjie.

Hulle kuier tot laataand, maar uiteindelik trek Johan vir Karen orent. "Dankie, vir 'n heerlike aand, maar as julle ons sal verskoon, gaan ons nou ry."

Anders as toe hulle vroeër gery het, is daar hierdie keer 'n stilte tussen Karen en Johan. 'n Simfonie van naggeluide verwelkom hulle toe hulle by Karen se tuiste uit die kar klim.

"Kan ek nou daardie beloofde beker koffie kry?" flikflooi Johan.

"Is dit nie al te laat nie?" antwoord Karen. Sy sien die teleurstelling op sy gesig, en bars uit van die lag. "Natuurlik kan jy nou daai beloofde koffie kry, as jy belowe om jou te gedra," glimlag sy met 'n vonkel in haar oë.

'n Rukkie later sit hulle in die sitkamer met die koffie.

"Beplan jy iets vir môre?" vis Johan versigtig uit.

"En wat wil jy maak as jy weet, hmm? Om eerlik te wees ek het 'n baie belangrike afspraak met die televisie môre waar ek vasgenael gaan sit om die eindstryd tussen die Dolfyne en Leeus kyk," vertel sy onnutsig.

Johan gee 'n dimpelglimlag. "Wow! Die mooiste vrou het nie net my hart gesteel nie, maar deel ook my passie vir krieket en diere. Hoe gelukkig kan 'n man dan wees?"

Karen voel hoe haar wange gloei. Op nege-en-twintig reageer sy net soos 'n verliefde tiener, dink sy en staan op om die bekers kombuis toe te neem.

Johan staan ook op. "Tyd om te groet," sug hy.

Onverwags vou hy Karen toe in sy stewige arms, en trek haar nader teen sy borskas. Hy laat sak sy kop tot sy lippe aan hare raak en proe die soet van haar mond.

Die soen verdiep toe Karen haar arms om sy nek beweeg en haar lippe gaan gewillig oop, terwyl Johan se hande teen haar rug afbeweeg en om haar dye vou terwyl hy haar styf teen hom vastrek.

Sy liggaam reageer op die passie totdat rooiligte begin flikker. Stadig verslap hy sy greep en hou haar net styf vas.

"Dankie vir 'n wonderlike aand, Hartedief. Ek sal vir die eetgoed sorg dan kyk ons die krieket saam môre," skimp Johan.

"Wat laat jou dink, ek het nie 'n ander afspraak nie, hmm?" terg Karen effens in 'n dwaal.

"Dan sê ek jammer vir my voorbarigheid." Sy gesig weerspieël egter niks van die gevoel nie.

"Jy is meer as welkom, en moenie skaam wees met die eetgoed nie," glimlag sy.

Voor Johan nog iets kan sê gee sy hom 'n vinnige piksoen."Lekker slaap!"

Hy kan net glimlag toe hy omdraai en vir haar waai.

Haar spontaniteit is 'n eindelose fontein waaruit hy sy lewe lank sal kan drink.

Met haar rug leun teen die houtdeur gestut, poog Karen eers om haar emosies onder beheer te kry, want haar bene voel nog wankelrig na daardie intense soen. Dis goed dat Johan so 'n gentleman is. Sy sou maklik beheer kon verloor. Haar lyf hunker na meer ... báie meer!

Met slaap die laaste ding op haar brein, stap Karen uit in die tuin en gaan sit op die tuinbankie, terwyl sy haar verlustig aan die prag van die sterrehemel. Die koel aandlug, die roep van 'n uil in die verte en die simfonie van naggeluide bring 'n kalmte oor haar. Sy sien uit na 'n nuwe hoofstuk in haar lewe, maar die dreigement van Neels bly by haar spook.

Nog voor die son sy strale behoorlik kon uitsprei, wip Karen uit die bed, trek die gordyne oop en asem die vars oggendlug in. Die vrolike gekwetter van voëls en die gekoer van duiwe is musiek in haar ore. Kaalvoet stap sy kombuis toe en skakel die ketel aan. Haar neusvleus word geprikkel deur die aroma van die koffie toe sy die kookwater byvoeg.

Sy plaas haar beker stomende koffie op die koffietafel, en vou haar bene onder haar in op die rusbank. Die warm, soet vloeistof en die dansende sonstrale vul haar met 'n gevoel van opwinding.

Haar selfoon lui. Dis haar pa en sy is bly om sy stem te hoor. Hulle praat nie lank nie en Karen glimlag toe sy weer die selfoon neersit. Dit is 'n spesiale dag vir haar pa, want nie net speel sy span in die finaal nie, maar is dit ook vir hom die einde van 'n suksesvolle loopbaan as krieketafrigter. Sy kon die emosie, en spanning in sy stem hoor.

Toe haar beker leeg is, staan sy op, strek haar uit en neem die beker kombuis toe om dit uit te spoel. Daarna is dit tyd om aan die gang te kom en sy stap badkamer toe om te gaan stort.

Met die koel water wat oor haar kop stroom is daar nie tyd vir droom nie, dink sy. Vinnig druk sy die water uit haar hare en vryf haar lyf droog voordat sy die handoek om haar draai en voor die spieëlkas gaan sit om haar hare droog te blaas.

Vir 'n oomblik flits Neels se gesig voor haar verby en 'n koue rilling skok deur haar lyf.

Hoofstuk 3

Johan het vroegoggend gaan draf, net om die tyd te verwyl. Terwyl hy so onder die stort staan en die koel water sy warm lyf afkoel borrel die opwinding in hom. Hy is erger as 'n matriekseun op sy eerste date, dink hy met 'n glimlag.

Gewapen met 'n sak vol biltong, droëwors, aarbeie en room, lui hy die voordeurklokkie. Hy is vroeg, maar hy kon nie meer langer wag nie.

Karen is so versonke in haar eie gedagtes, dat sy wip van skrik toe die deurklokkie lui. "Ek kom!" roep sy en stap kaalvoet gangaf. Sy kyk deur die loergat en sien dit is Johan. Toe sy die deur oopmaak, stap Johan in en mik sommer dadelik kombuis toe om die sak versnapperings daar te gaan neersit

"Jy is vroeg!" sê Karin,

Johan neem haar in sy arms en begrawe sy gesig in daardie rooibruin hare van haar, terwyl hy die unieke geur van haar diep inadem. Sy mond streel vlindersag oor haar lippe.

Hy kyk tergend op.

"Dit is mos hoe 'n mens groet. Sien ek kom nog uit die ou boeretradisie se dae waar 'n mens gesoengroet het," sê hy.

"Pff, jy sal jou wat verbeel … nogal ou skool," lag Karen, "en vir jou straf gaan jy koffie maak, terwyl ek my prentjie inkleur," sê sy met 'n pruilmond.

"Kan ek jou kom help? Glo my, ek is baie handig met 'n poeierkwas en potlood," vra Johan met 'n sedige gesig.

"Nee, dankie. Dit is van die wal af in die sloot in help," keer Karen vinnig, terwyl 'n lastige blos oor hals na haar wange skiet en vlinders onder haar naeltjie baljaar.

Met 'n sagte gesigsuitdrukking en vonkel in sy oog, kyk hy haar begeerlik agterna toe sy vinnig wegstap. Nie net maak sy iets in hom wakker wat hy gedink het, verlore is nie, maar hy dink dat hy klaar sy hart op haar verloor het.

"Jy staan so lekker en droom. Kom nie eers agter die ketel het gekook nie," praat Karen onverwags langs hom. Sy glimlag tergend.

"Nou hoe dan anders. In my geestesoog het ek nou net gesien hoe stoei ek met ons seun op die mat," laat Johan met 'n ondeunde glimlag hoor.

Karen voel hoe haar wange verkleur. "Jy moet jou staan en laf hou!"

'n Rukkie later sit hulle voor die TV. Die spanning is voelbaar, nie net op die grasvelde en palviljoene van Kingsmead nie, maar ook in Karen se sitkamer, waar sy en Johan vasgenael voor die TV-skerm sit. Met een boulbeurt oor is daar min te kies tussen die twee spanne. Dolfyne benodig nege lopies van ses balle, die Leeus twee paaltjies, of hulle moet die Dolfyne beperk tot minder as agt lopies om die wedstryd te wen.

Die skaal swaai onverwags in die guns van die Leeus, want die Dolfyne benodig twee lopies van die laaste bal.

"Nou is dit gaan groot of gaan huis toe vir die Dolfyne," sê Johan vir Karen met 'n bekommerde uitdrukking op sy gesig.

Die kommentator gee weer 'n opsomming van die veldplasing, terwyl Tristiaan gereed maak om die laaste aflewering te boul." Hy draai vir die tweede lopie terwyl die veldwerker die bal inskiet na die paaltjiewagter. Die dwarsbalkies word gelig, terwyl Riaan op sy maag kolf uitgestrek oor die kolfblad skuif. Drama! Drama," bulder sy stem oor die TV-skerm, wanneer die die beslissing na die derde skeidsregter verwys word. Die skare is doodstil, terwyl daar in spanning op die beslissing gewag word. Die beeld word oor en oor gewys. Not Out, verskyn die beslissing op die skerm.

Johan en Karen spring in die lug en juig, dan is hulle in mekaar se arms. Hy knabbel liggies aan haar oorbel en adem haar geur in, terwyl haar hande onder sy hemp inglip en stadig teen sy gespierde borskas opbeweeg en verken. Karen voel hoe sy tepels verhard onder die sagte aanraking van haar hande.

Sy kreun toe sy lippe hare oopdwing en sy tong hare lok en terg. Haar bloed vloei soos warm lawa deur haar lyf, toe Johan sy hande onder haar bloes inglip en hy liggies oor haar rug streel.

Die skril skel van Karen se selfoon onderbreek die intieme oomblik. Sy moet eers haar asemhaling onder beheer kry voor sy met 'n skor stem antwoord.

"Is jy siek of onderbreek ek dalk iets?" wil Marie nuuskierig weet.

"Nie een van die twee nie," antwoord Karen met 'n warm blos oor haar wange.

Johan het sy emosie onder beheer toe Marie die gesprek beindig en Karen weer langs hom op die bank kom sit.

"Kom, ons gaan vier die oorwinning met 'n braai by my huis, dan kan jy ook my ma ontmoet, want sy brand behoorlik om te sien wie die vrou is wat haar seun se hart gesteel het. Asseblief?" smeek hy met 'n dimpelglimlag.

"Hoe kan ek nou vir so 'n mooi glimlag en onskuldige gesig nee sê," vra Karen onnutsig.

"Yes! Ek laat net gou my ma weet ons is op pad."

"Nie so haastig nie, Meneer. Ek wil eers vir ons 'n mengelslaai maak, en jy kan my daarmee kom help."

"Jig, hasiekos?" vra hy met 'n skewe gesig. Die kyk wat Johan van Karen kry laat hom uitbars van die lag. "Ek grap net. Slaai is my ma se stapelvoedsel, dus het ek nie n keuse om dit te eet nie."

In die motor op pad na sy huis toe, vertel Johan haar van sy ma. Karen sien die sagte gesigsuitdrukking en deernis op sy gesig terwyl hy van sy ma praat. Hy vertel haar dat sy ma 'n onderwyseres by die plaaslike laerskool is, en gratis in 'n woonstel by die koshuis bly. Sy moet net toesig hou tydens studietye. Hy sê ook dat hy nie sy pa ken nie, alhoewel hy nie uitwei daaroor nie.

"Na Lanie se dood het my ma elke naweek by my kom bly om te kloek soos 'n moederhen oor haar kuiken, om seker te maak ek eet en rus," sê hy met 'n skewe glimlaggie. Die manier hoe hy van sy ma praat spreek net van liefde.

"Praat jou ma soms met jou oor jou pa, en sal jy hom graag eendag wil ontmoet indien die geleenheid hom voordoen?" vra Karen belangstellend.

Johan lag."Kyk, as my ma oor my pa en hulle liefde praat wat jare gelede by 'n CSV kamp begin het, sal jy in trane wees, en ja ek sal graag my pa wil ontmoet. Die noodlot het hulle net 'n slegte streep getrek."

Bonsie, 'n klein Jack Russel kom aangehardloop oor 'n tapyt van pers jakkaranda blomme wat oor die lowergroen gras uitgesprei lê, toe hy Johan se kar by die hek sien inry.

Johan het skaars gestop, toe is Bonsie op sy skoot en gee hom 'n lek in die gesig. Woeps, wip hy op Karen se skoot en nog voor hy kan keer, kry Karen ook 'n lek van verwelkoming.

"Bonsie, kom hier! Jy is is stout," raas Pauline met die woef, maar hy swaai net sy stert en hardloop weer na Johan toe. Karen kan nie anders om te lag vir die hondjie se manewales nie.

Lag blink in Pauline se bruin oë, terwyl sy hulle tegemoed stap.

"Uiteindelik kan ek jou van aangesig tot aangesig ontmoet. Welkom hier by ons. Ek het al so baie van jou gehoor, en nou kan ek sien waarom my seun sê jy het sy hart gesteel," sê Pauline met 'n glimlag en 'n sagte gesigsuitdrukking in haar oë.

"Dankie, Tannie," antwoord Karen.

"Ek gaan solank die vuur aansteek," sê Johan en skud sy kop, want hy weet wanneer sy ma eers aan die gesels raak, het sy geen benul van tyd nie.

Al geselsend stap Pauline en Karen die huis binne om alles in gereedheid te kry vir die braai.

Karen ervaar die gevoel van moederliefde wat sy al so baie jare mis. Die sagtheid van 'n moeder se hart wat met deernis en liefde na 'n kind omsien. Haar pa het haar met liefde en sorg grootgemaak, maar moederliefde is anders, veral tussen 'n ma en dogter, want daar is goed wat jy net met 'n ma kan bespreek. Sy vertel vir Pauline van haar ma, die ongeluk, en die liefde waarmee haar pa haar groot gemaak het. Spontaan gee Pauline haar 'n moederlike drukkie.

"Dames, die kole is aan die gloei. Kan ek vir julle iets skink om te drink?" vra Johan, terwyl hy vir hom 'n bier uit die yskas haal.

"Lemmetjie geur Breezer, met baie ys vir my," sê Pauline.

"Dieselfde vir my, dankie," antwoord Karen.

Bonsie stertjie agterna en verjaag al blaffend 'n duif wat waag om water uit die voëlbad te kom drink.

"Bonsie!" roep Pauline, maar ore is min. Toe Johan fluit, kom hy aangehardloop, stertswaaiend en die onskuld vanself. Karen lag en sak af op haar knie om sy kop te vryf en steel sodoende nog 'n hart.

Die geur van braaivleis wat in die lug hang, is hemels. Dit prikkel Karen se neus en sy voel honger, ten spyte van hulle gepeusel tydens die krieketwedstryd.

"Dit is so 'n heerlike aand, ons kan netsowel hier buite onder die lapa eet. Kom help my met die eetgerei, Johan, dan dek ek sommer hier tafel vir ons."

"Sit, Tannie, ek sal Johan help, want my jis is al deurgesit van al die krieket kyk," bied Karen aan. Al stertswaaiend hardloop Bonsie saam.

Hulle het skaars klaar geëet toe Johan 'n WhatsApp boodskap ontvang. Terwyl hy dit lees hou Pauline hom onderlangs dop en vir 'n breukdeel van 'n sekonde sien sy woede uit daardie bruin oë blits. Sy wens so hy wil sy oupa se aanbod aanvaar en gaan boer.

Daar word nog 'n ruk lank lekker gesels en gelag voor Johan begin opruim. Toe Karen opstaan om hom te help, keer Pauline haar, want sy weet iets jaag haar seun. Deur besig te bly is al hoe hy sy emosie onder beheer kan kry.

"Ons beter groet; môre is dit weer blou Maandag," sê Johan later, terwyl hy Karen aan die hand optrek en styf teen hom vasdruk.

"Baie dankie vir 'n heerlik aand, Tannie. Ek is werklik bly om tannie te kon ontmoet," groet Karen.

"Die plesier is myne," glimlag Pauline en gee Karen 'n stywe drukkie.

Toe hulle by Karen se huis stop, neem Johan haar huissleutel, sluit die deur oop en stap saam met haar in.

Karen bedank Johan vir 'n wonderlike dag, terwyl hy haar in sy arms neem en soen tot haar voete kielie.

"Vanaand beter ek nie langer kuier nie, Hartedief," sê Johan skor. Karen knik instemmend. Hulle kan maklik beheer verloor.

Johan vloek toe hy van Karen af wegry. Nog twee meisies het verdwyn. Dit voel vir hom hulle veg 'n verlore stryd. Woede brand soos 'n kool vuur in sy binneste, want daar is net nie 'n einde nie.

Hierdie sindikate wat die webtuistes opstel, is so uitgeslape. Alles lyk so geloof-waardig en met die stygende werkloosheid-syfer, raak mense desperaat vir werk.

Die ergste van alles is, jy weet nie wie kan jy vertrou en wie nie, aangesien korrupsie hulle tentakels oral in het. Hy wonder of daar nog 'n land is waar die Kommissaris van Polisie al tronkstraf opgelê was. Die wat nie korrup is nie, word weer gedreig en dit is nie leë dreigemente nie.

Die aanslag op kolonel Gerber en sy gesin se lewe getuig daarvan. Die trauma waardeur hy en sy gesin is, laat blywende letsels met gevolge wat vernietigend is. Dit laat by hom die vraag ontstaan of al die opoffering die moeite werd is.

Hoofstuk 4

Neels Pieters, geklee in 'n blou snyerspak, wit hemp, blou en geel gestreepte das, staan met sy hande in sy broeksakke by die venster en uitkyk. Met 'n grynslag op sy gesig en wellus in sy blou oë, kyk hy hoe die blondekop vrou in haar tweestukbaaikostuum lê en sonbaai langs die swembad. Sy moet dit maar geniet, want volgende week is sy deel van Mohamed se harem in Saoedi-Arabië dink hy. Wie weet? Dalk geniet sy dit om vir ou Mohamed te paradeer. Sy selfoon vibreer en Armand se naam verskyn op die skerm.

"Yes, Armand! Het jy vir my goeie nuus?" wil Neels weet.

"Die twee taxi's van Mosambiek is veilig deur die grenspos op pad na die Goudvelde, die ander Taxi van Nongoma na Johannesburg is ook so te sê op pad. William Louw het nuwe aanloklike webwerwe opgestel: modelwerk, verpleging, au pair en onderwys. Al die vorige webwerwe se IP adresse is skoongevee en geen vinger kan na enige van ons gewys word nie. Hy het ook ons kliënte databasis opgegradeer: verskaffers, aankopers, asook moontlike verskaffers en aankopers.

Ons manne by die doeane-sekuriteitspunte by O.R. Tambo lughawe en Heathrow lughawe, het die groen lig gegee. Roelien de Beer vlieg môreoggend om 10:00 vir haar sogenaamde au pair werksonderhoud, met ons besending tik. Die ongeveer 30kg ter waarde van ses miljoen rand, is netjies versteek in die vals bodems van haar bagasie. Jackie Struwig vlieg môreaand 20:00 van King Shaka lughawe na Dubai en van Dubai gaan sy na Saoedi-Arabië waar Mohamed haar dan sal ontmoet.

Mohamed het die geld na die Umgeni-ontwikkelingsfonds oorgeplaas," lig Armand hom in.

"Dankie, jy maak my dag. Ek moet erken ek is nogal beïndruk. Maak seker meneer Zwane, hoof van doeane is op ons boeke," beveel Neels.

Hy kan nie wag om die uitdrukking op Karen se gesig te sien, wanneer sy voor hom staan en hy haar aan sy belofte herinner nie.

Sy oë dans oor Jackie Struwig se slanke lyf daar waar sy langs die swembad lê en vind rus op die sagte ronding van haar ferm borste. Hy voel hoe die drang van wellus in hom toeneem. Aangesien sy môreaand vlieg, kan hy haar netsowel nou daarvan gaan verwittig en sodoende sy betaling opeis. Die gedagte laat sy bloed soos lawa deur hom vloei, terwyl hy met sy regterhand oor die agterkant van sy kop oor sy swart hare vryf.

Jackie is so meegevoer in haar gedagte wêreld dat sy ruk van skrik, toe Neels langs haar staan en praat.

Neels draai die sjarme kraantjie oop toe hy haar van die vlug reëlings vertel. "Kom! Ek het vir ons 'n bottel Franse sjampanje op ys om die goeie nuus mee te vier," deel hy haar glimlaggend mee.

Jackie se gesig straal van vreugde.

"Dankie! Dankie! Ek sal jou ewig dankbaar wees, want jy het my droom vlerke gegee," sê sy opgewonde en swaai haar lang slanke bruingebrande bene grasieus van die lêstoel af.

Na die derde glasie sjampanje staan sy op en kom staan voor Neels met 'n stout glimlag op haar gesig. "Laat my toe om jou behoorlik te bedank," pruil sy.

In sy binneste grynslag hy. Indien sy weet wat op haar wag, sal sy hom nie wil bedank nie, maar eerder wil vermoor.

Hy glimlag, met kilheid in sy oë: "Waarvoor wag jy?"

Jackie kom sit wydsbeen op sy skoot, terwyl sy hom liggies soen en liefkoos. Haar hande vleg deur sy hare en dan begin hy haar terug soen. Die soen verdiep en Neels se hande beweeg oor haar bene, dan teen haar rug op waar hy die bostuk van haar baaikostuum losmaak waarna sy hande om haar stywe borste skulp. Sy kreun en wikkel haar heupe. Met een beweging lig hy haar op en lê haar op die bank neer, terwyl hy haar lyf met sy tong begin terg.

Jackie uiter 'n sagte kreun toe hy haar oor die afgrond van genot laat stort, terwyl naskokke van genot nog in haar lyf kuier en haar asem onreëlmatig is.

'n Selfvoldane glimlag krul later om Neels se lippe. Alles loop volgens plan, dink hy, terwyl hy 'n sluk van sy whisky vat. Die volgende punt op sy agenda is die afrekening met Karen. Verbeel jou sy verruil hom vir 'n ou speurder, en dit nogal ou Bulldog.

Daar word vrolik gegiggel, gelag en gesels in die taxi. Die vooruitsig van 'n stadslewe, blink liggies, met werkbeloftes en 'n beter lewe laat die adrenalien pomp en die oë blink van die jong vroue op pad na Johannesburg. Die oorverdowende musiek wat blêr oor die klankstelsel, dra by tot die plesierigheid. By die Vryheid afdraai op die R34, so ongeveer 127.8 km van Vryheid af, kyk Dumisani en Hamilton vir mekaar en glimlag, want die rit bring vir hulle honderd-duisend rand in die sak.

"Bliksem!" Uiter Dumisani 'n kragwoord, terwyl hy spoed verminder en die klank sagter stel.

"Ek was onder die indruk dat Sibia gesê het die pad is oop," brom Hamilton.

Dumisani laat sy venster sak, terwyl die konstabel en verkeersbeampte nadergestap kom.

Hy voel hoe elke spier in sy lyf saamtrek, terwyl die sweet op sy voorkop uitslaan wat hy met 'n vinnige handbeweging afvee.

"Goeienaand," groet hy vriendelik.

Die kaptein kom ook nadergestap, terwyl die verkeerskonstabel Dumisani se bestuurderslisensie nagaan. Nadat die verkeersbeampte sy roetine inspeksie op die taxi se padwaardigheid uitgevoer het, versoek die konstabel hom om die bagasieruim te kom oopmaak.

Die kaptein frons toe hy die klomp jong vroue in die taxi sien. "En waarheen is julle op pad dat julle so vrolik lag en gesels?" vra hy. Byna gelyktydig antwoord hulle hom.

"Op pad Johannesburg toe vir werk." Hy knik sy kop ter bevestigend, maar iets pla hom. Hy kan nou net nie sy vinger daarop lê nie.

Dumisani se gesig ontspan en hy groet vriendelik toe die konstabel hom die groen lig gee om te ry, maar voor hy nog die sleutel kon draai, roep 'n stem van agter af: "Ek wil nie Johannesburg toe gaan nie!"

Die kaptein beveel Dumisani en Hamilton om uit die taxi te klim, terwyl die konstabel die sydeur van die taxi oopmaak om met die meisie te praat. Sweet pêrel op Dumisani en Hamilton se voorkoppe is duidelik sigbaar om hulle senuweeagtigheid te verraai.

Die meisie vertel dat Dumisani vir haar oom 'n rol tweehonderd randnote gegee het, waarna haar oom haar toe gedwing het om saam met hulle Johannesburg toe te gaan.

"Konstabel, arresteer die twee en lees hulle regte voor, terwyl ek reël dat die jong vroue vir ondervraging na die speurders se kantore geneem word," beveel kaptein Nel, waarna hy brigadier Nene skakel om hom op hoogte van sake te bring.

"Dankie, kaptein Nel! Hierdie mag dalk net die deurbraak wees wat ons nodig het. Mensehandel raak nou 'n groot probleem. Die inligting gaan ek na die Valke deurgee vir ondersoek, maar ek sal jou op hoogte hou van al die reëlings."

Die skel van die telefoon laat Neels wakker skrik. Voel-voel steek hy sy hand uit tel die foon op; antwoord nog half deur die slaap.

"Neels, hallo,"

Hy herken Armand se stem toe hy sê: "Neels, ons het groot probleme."

Neels is nou wawyd wakker en sit regop in die bed met 'n vraagteken tussen sy wenkbroue. "Wat is die probleem?" wil hy weet.

Armand Greeff lig hom in van Dumisani en Hamilton se arrestasie by die padblokkade net voor Vryheid.

"Bliksem! Het Sibia dan nie gesê die pad is oop nie? Natuurlik nie sy werk gedoen nie, en vanselfsprekend aanvaar dat alles reg is. Daar wag 'n verrassing op hom!" grom Neels.

"Wat is ons plan van aksie?" wil Armand bekommerd weet.

"Ek sal jou laat weet, maar vir nou doen julle niks," beveel Neels.

Emosie van woede, haat en wraak vloei soos 'n stroom riool deur sy gedagtewêreld. Hy loop op en af soos n vasgekeerde dier in 'n hok met oë wat blits. As die twee praat, kan dit hulle operasie kelder. Hulle sal by hulle eerste hofverskyning, uitgehaal word.

Sibia se slapgatheid kos hom baie geld, daarom gaan hy van hom 'n voorbeeld maak, sodat die ander dááruit kan leer. Dit wakker sy woede teenoor Karen ook aan.

Pauline is so meegevoer in haar boek dat hoor en sien kan vergaan om haar.

"Middag ma! En waarom is die veiligheidshek nie gesluit?" wil Johan weet.

"Hiert jy! Vir wat laat jy jou ma so skrik? Jy sal my hart gaan laat staan," raas Pauline en verduidelik dan. "Wilma is in en uit hier. Die dat ek nie die hek gesluit het nie. En waar is Karen dat jy so alleen rondloop?" vra sy.

Johan gee 'n breë dimpelglimlag. "Karen het gaan gym," lig hy sy ma in, terwyl hy homself tuismaak op die rusbank en een van sy ma se storieboeke optel. "Met die voorblad, lyk dit soos 'n hygroman," skerts hy met 'n ondeunde gesig.

"Jy moet jou nou staan en stuitig hou. Laat ek eerder iets te drinke gaan maak, want lyk my jy is weer vol streke vandag." Met die wat sy verbystap gee sy hom so 'n ligte pluk aan die oor.

"Dit sal jou leer mens mors nie met jou ma nie," laat sy laggend hoor met oë wat net liefde uitstraal, terwyl sy 'n bruin haarsliert uit haar gesig vee.

Met die beker koffie in die hand, vertel hy sy ma van die twee besluite wat sy hele lewe gaan verander.

"Dit is wonderlike nuus! Jou oupa raak oud en hy het lankal nie meer die krag om die boerdery te behartig nie, maar hy sal dit nooit erken nie. Wat is Karen se reaksie op jou planne?" wil sy nuuskierig weet.

Johan glimlag. "My liewe ma, niemand weet van geen sout of water nie. Ek wou dit eers met ma bespreek, maar duidelik laat my besluit ma in die wolke sweef. Daardie glimlag spreek boekdele," skerts hy.

"Ek moet erken, vir 'n beter skoondogter kan ek nie vra nie. Jou besluit om te gaan boer maak hierdie ou moederhart galop van vreugde," sê sy jubelend

"Ek moet môre weer Durban toe vir 'n vergadering. Dit is nog 'n rede vir my besluit om te bedank, want ek wil nie meer van die huis af weg wees nie. Ek het nou belange om te beskerm," skerts hy blinkoog, terwyl hy die veiligheidshek sluit.

Pauline strek haar lang slanke bene voor haar uit, en verdiep haar vêrder in die bladsy van die roman. Sy raak skoon droomverlore soos die skrywer haar betower. Dit is asof hy spesiaal vir haar skryf en die feit dat niemand weet wie die skrywer is wat onder die skuilnaam A&P skryf, fassineer haar nog meer. Haar mooi bruin oë versluier vir 'n breukdeel van 'n sekonde toe sy wonder hoe haar lewe sou wees indien die tegnologie van vandag twee en dertig jaar gelede beskikbaar was.

Adriaan was haar eerste en enigste liefde; inteendeel om eerlik te wees, het sy nog 'n spesiale plek in haar hart vir hom na al die jare.

Sardonies lag Neels, terwyl hy Armand meedeel van sy aksieplan. "Ek wil jou en Zungu môreoggend 10:00 by my huis sien! Hierdie keer is daar geen ruimte vir foute nie. Die logistieke reëlings is ook in plek, dus is daar geen verskoning vir enige misverstande nie. Jy sal persoonlik in beheer wees vir die uitvoering van die plan," beveel hy.

Hierdie man is gewetenloos, want geen mens met 'n hart en siel is so ongenaakbaar nie, dink Armand, toe hy sy selfoon optel om Zungu van die reëlings te verwittig. Hy weet omdraaikans is daar nie meer nie.

Hoofstuk 5

Daar is 'n selfvoldane glimlag op Neels se gesig toe Armand en Zungu by hom opdaag.

"Voordat ek die plan van optrede met julle gaan bespreek, is daar eers iets wat ek julle wil wys.

Kom! Stap saam met my," beveel Neels, terwyl hy snedig lag.

Skok, vrees en afgryse ruk deur Armand, terwyl die sweet op sy voorkop pêrel en lamheid sy ledemate laat wankel, terwyl hy met pieringoë na die toneel voor hom staar. Uit die hoek van sy oog gewaar hy hoe Zungu sy hande oor sy mond slaan en met afgryse voor hom uit staar.

Neels gee 'n sardoniese laggie en kyk hulle met kil oë aan. "Dit is wat gebeur wanneer 'n man nie sy werk behoorlik doen nie en my 'n klomp geld uit die sak jaag," laat hy kras hoor.

Neels beveel Zungu om die emmer water wat langs die stoel staan, in Sibia se gesig te gooi. Dit het ook die gewenste uitwerking waarop hy gehoop het.

"Sny die toue los, en kry hom hier uit," beveel hy bars.

Armand en Zungu gooi Sibiya se arms om hulle nek en sleep hom weg.

"Wikkel! Daar is baie werk wat gedoen moet word," blaf Neels

Die harteloosheid en ongenaakbaarheid van Neels begin aan Armand vreet soos kanker, en hy weet nie meer vir hoe lank hy nog so kan voortgaan nie. Hy het al selfdood oorweeg en wou al alles op die lappe bring. Dan dink hy weer aan die skande en wat dit aan sy vrou en kinders sal doen indien hy moet tronk toe gaan. Dus het hy geen ander keuse, behalwe om saam met Neels te werk.

Neels kyk Armand onderlangs aan. "Iets fout? Jy lyk maar bleek om die kiewe," wil hy weet.

"Niks fout nie. Jy kan maar met die voorlegging begin," brom Armand.

Neels begin die plan van optrede met hulle te bespreek.

Sibisi en Nkosi sal Dumisani en Hamilton elimineer. Die wegkommotor, 'n wit BMW sal deur William bestuur word.

Ongeveer twintig kilometer buite Vryheid op die R34 aan die linkerkant is 'n biltong- stalletjie; dit is waar die motor en nommerplate omgeruil sal word. William sal met die wit BMW wat Dlamini bestuur het, terugkom Vryheid toe, terwyl Dlamini verder met William se motor Durban toe ry. Een van hulle eie vragmotors sal dan vir Sibisi en Nkosi – wat net voor die biltong stalletjie afgelaai is – terugbring, waarna hulle dan met 'n ander vragmotor Johannesburg toe geneem sal word.

"Maak 'n fout en ek verseker julle wat met Sibia gebeur het, sal lyk soos 'n kinderkranspartytjie wanneer ek met julle klaar is!" bulder Neels.

Armand laat sy tong oor sy lippe beweeg, terwyl sy handpalms begin sweet en 'n wangspier spring. "Is al die moord werklik nodig?" wil hy weet, terwyl hy Neels in die oë kyk. Die koue oë wat na hom kyk, vul hom met afgryse.

Dankie tog die vergadering is verby, net groet dan kan hy ry, dink Johan. Met 'n stewige handdruk groet hy vir kaptein Nel en sersant Strydom. Met 'n "Totsiens," en 'n handwuif groet hy die ander.

"Gaan jy nie bly vir ete nie?" wil kaptein Nel weet.

"Nee Kaptein. Daar is 'n beeldskone dame op my wag," sê hy met 'n breë glimlag.

"Nou maar toe, moet nie dat sy te lank wag nie," beveel kaptein Nel met 'n glimlag.

Die selfoon netwerk is al weer af. Johan frons. Wat help dit mens het 'n foon en geen sein nie? Met 'n krag woord druk hy die foon weer in sy hempsak. Hy is net verby die Ulundi afdraai op die R34 op pad Vryheid toe, toe hy die radio aanskakel om nuus te luister.

"Hier volg die nuus gelees deur Steven Voster.

"Mevrou Vermaak se toestand is kritiek, maar stabiel. Dit volg op vanoggend se skietvoorval waar die twee vermeende beskuldigdes in die mensehandel saak doodgeskiet is."

Namate die nuusleser meer inligting gee, besef Johan wie die slagoffer is van wie daar gepraat word. Angssweet pêrel op sy voorkop, terwyl sy hartklop versnel en hy voel hoe die bloed uit sy liggaam dreineer. Dan verander sy angs in woede, hy verwissel van rat en trap die petrolpedaal weg. Die revolusiemeter hardloop in die rooi voor hy weer van rat verwissel. Sy bruin oë is twee vuurbolle wat in die truspieël na hom terugkyk en sy kneukels vertoon wit soos wat hy die stuurwiel vasklem.

Hy maak korte mete van die hospitaal gang toe hy Karen voor die waakeenheid sien staan. Johan vou haar stewig toe in sy gespierde arms en vir lank staan hulle netso, terwyl hy sy hand oor haar sagte rooibruin hare streel en haar lentegeur sy neusvleuels prikkel. Karen se groen oë swem in trane.

"Marie is buite gevaar, maar die dokter sê hy gaan haar oornag nog in die waakeenheid hou, aangesien hy bang is die wond kry infeksie in," sê Karen snikkend.

Die verligting is duidelik sigbaar op Johan se gesig. In sy 31 jaar het hy nog nooit só groot geskrik nie, dink hy, terwyl hy met sy linkerhand oor sy bos swart hare vee.

"Kom, ons gaan kry iets te drinke," sê hy en neem haar Karen aan die hand terwyl hulle in die gang afstap.

Die koffie doen hulle albei goed en Johan onthou meteens van die goeie nuus wat hy met Karen wil deel.

"Ek is so bly Marie is buite gevaar, want vanaand het ek groot nuus om met jou te deel," sê hy met tergduiweltjies wat ronddans in sy oë terwyl hulle terugstap. "Trek daardie rooi nommertjie aan vanaand," fluister hy in haar oor. "Kom ons gaan groet net vir Marie, dan ry ons."

Na 'n paar minute wuif hulle vir Marie deur die glas van die waakeenheidkamer om haar te groet, wetende dat hulle vriendin buite gevaar is.

By Karen se motor maak Johan die motordeur vir haar oop, en soengroet haar voor sy inklim. "Sien jou seweuur," sê hy glimlaggend.

Karen gebruik 'n kwassie om haar grimering liggies aan te wend; 'n ligroos kleur oor haar ooglede om die smaraggroen kleur van haar oë te beklemtoon, afgerond met 'n sagte blommegeur parfuum wat sy liggies agter haar oor en op haar polse aantik. Sy glimlag terwyl sy voor die spieël tiekiedraai. Die rooi minirok pas asof dit spesiaal vir haar gemaak is en beklemtoon haar bruin welgevormde bene, terwyl 'n paar wit hoëhak sandale die uitrusting mooi afrond. Met haar hare wat soos 'n satyn gordyn oor haar mooi bruingebrande skouers hang, voel sy tevrede en gelukkig.

Toe sy 'n rukkie later die deur vir Johan oopmaak, weet sy dat hy hou van wat hy sien.

"Jy lyk asemrowend prentjie mooi," sê hy met 'n skor stem, terwyl hy haar teen hom vastrek en sy lippe liggies oor hare streel.

"Sal ons gaan?" vra hy en trek en haar arm deur syne.

Johan se keuse is perfek. Die gedempte lig saam met kerslig en sagte agtergrondmusiek, skep 'n rustige, romantiese atmosfeer. Karen se groen oë waarin die vlamme van die die kerslig dans, laat hom stom van bewondering.

"Jy is beeldskoon, Hartedief," fluister hy, terwyl sy oë oor haar gesig dans. Die atmosfeer is reg, maar sy senuwees knaag. Hy neem haar hand in syne lig dit op om 'n sagte soen daarop te druk. Met haar hand in syne, kyk hy diep in haar groen oë en sien die klein bruin spikkeltjies daarin raak.

"Sal jy met my trou?" stotter hy half oor sy eie woorde.

Met 'n glinster in haar oë en 'n hart wat onstuimig klop, antwoord Karen: "Kan ek daaroor dink?" Sy sien hoe Johan se gesig ietwat verstrak en besluit om nie langer sy siel uit te trek nie. "Natuurlik sal ek met jou trou," antwoord sy stralend.

Johan slaak 'n hoorbare sug van verligting toe hy die diamantring uit sy sak haal en oor Karen se ringvinger stoot.

"Kom, nou wil ek my aanstaande bruid in my arms neem, en haar van haar voete af soen," laat hy glimlaggend hoor, terwyl hy haar aan die hand optrek.

Hulle stap na buite. Onder die sterrehemel wat oor die uitspansel verstrooi is, neem hy haar in sy arms en trek haar teen hom aan. Karen se hande streel oor sy rug en sy voel hoe sy gespierde borskas styf teen haar druk.

Strelend, lokkend terg sy lippe hare, terwyl sy tong haar mond verken toe die soen verdiep. Karen voel die krag in Johan se arms toe hy haar nog nadertrek en sy gesig in haar hare druk om die blommegeur van haar parfuum in te asem.

Stadig maak hy sy arms om haar los en sy stem is skor toe hy praat: "Ons beter ingaan."

Dis heelwat later voordat hulle uiteindelik huis toe gaan. Johan maak die voordeur oop en laat Karen instap.

"Koffie?" vra sy oor haar skouer.

"Ja, dankie dit sal nou heerlik wees," antwoord hy, maar hy neem haar eers in sy arms.

Karen voel hoe haar bloed soos warm lawa deur haar are vloei, toe hy liggies aan haar oorbel knibbel. Johan laat sy lippe vlindersag oor haar oor lippe beweeg. Die skril skel van haar selfoon onderbreek die intieme oomblik. Op die skerm sien sy haar pa se naam en met 'n ligte frons tussen die oë antwoord sy.

Tot haar verbasing, wens haar pa haar geluk met die verlowing. Nadat hulle klaar gepraat het, kyk sy met blink oë en 'n kwansuise kwaai uitdrukking op haar gesig na Johan.

"Lyk my almal weet van die verlowing, terwyl ek onder die indruk verkeer het ek gaan hulle verras," laat sy hoor.

"My lief, het jy vergeet ek doen alles op die ou boere tradisie manier?" sê hy met 'n ondeunde glimlag en tergduiweltjies wat ronddans in sy oë.

"Jou pes, almal weet en ek weet van niks," sê sy pruilmond.

"Het jy nou gedink ek gaan jou alleen hier in Sodom en Gomorra los, terwyl ek oor twee maande plaas toe trek?" wil hy tergend weet. Dit is die een groot verrassing wat hy nog vir Karen het.

Met verbasing en blydskap duidelik sigbaar op haar gesig, slaan Karen haar arms met 'n uitbundige vreugde uitroep om Johan se nek.

"Dit is die beste nuus wat ek in 'n lang tyd gehoor het, sê sy," terwyl haar lippe sag op syne kom rus. Willoos gaan sy mond oop terwyl hulle tonge 'n liefdespel met mekaar begin speel. Die soen verdiep, terwyl hy die skouerbandjies van die rok van haar skouers laat afgly. Sonder dat sy lippe hare verlaat maak hy die knippie van haar bra los en laat dit met een beweging op die sitkamervloer neerplof.

Hy lig sy kop en vra woordeloos toestemming.

Karen knik en 'n sagte kreun ontsnap oor haar lippe toe sy mond haar tepel diep in sy mond neem en sy hand oor haar ander bors skulp. Terwyl sy duim oor haar stywe roosknoppie streel, vleg sy haar hande deur sy hare.

Neels kyk ongeduldig op sy horlosie en voel hoe die woede in hom begin vlamvat. Haat is sy dryfveer. Hy het haar gewaarsku die dag toe hy uitgestap het geen ander man sal haar kry nie! Net die blote gedagte daaraan maak hom warm onder die kraag. Hoe durf sy hom so verneder!

Sy selfoon vibreer in sy sak hy sien dit is Armand se naam op die skerm. "Enige nuus?" wil hy ongeduldig weet.

Armand deel hom mee van die verlowing en Johan se bedanking, maar die goeie nuus is dat hy vir die volgende drie dae weg sal wees op 'n kursus.

"Ek verwag jou en Zungu oor 'n uur by my! En Armand, indien jy weet wat goed is vir jou, maak seker julle is nie laat nie!" beëindig Neels die gesprek.

Met 'n grynslag op sy gesig skink hy vir hom 'n drankie. Die dag waarvoor hy solank gewag het gaan uiteindelik aan breek. "Niemand mors met my nie!" sê hy hardop.

'n Uur later stap Armand en Zungu Neels se sitkamer binne. Met 'n wrede trek op sy gesig en oë wat koud is en haat uitstraal, verwelkom hy hulle.

"Bly om te sien my staatmakers is betyds. Kan ek vir julle 'n dop gooi?" wil hy met 'n sardoniese lag by hulle weet. Met 'n skud van die kop word die aanbod van die hand gewys en Neels begin die plan van optrede bespreek.

Onbewus van die dreigende gevaar sing Karen rustig saam met die musiek wat oor die motorradio speel.

Hoofstuk 6

Geklee in swart van klapmus tot 'n paar tekkies sluip Riaan Lemmer ongesiens by die motorhek in, terwyl dit toeskuif agter Karen se voertuig.

Geluidloos sluip hy vinnig al langs die muur af tot by by die motorhuis waar hy haar inwag.

Met die afstandbeheer laat sy die motorhuis deur opskuif. Dis alreeds 21:45. Sy en Marie het so lekker gekuier dat sy skoon van tyd vergeet het. So 'n kuier help darem teen die verlange.

Glimlaggend dink sy aan haar kinderjare, toe haar pa haar geleer het om slapies af te tel voor 'n belangrike dag. Nog net een slapie dan is Johan terug. Sy sug en klim uit die motor.

Karen voel hoe die bloed haar liggaam verlaat, en die gil stol in haar mond toe die eerste vuishou haar vol in die gesig tref. Haar bene swik onder haar en die volgende vuishou laat alles swart word om haar.

Riaan Alberts grynslag, terwyl hy 'n kontak op sy selfoon soek. "Julle kan maar kom," sê hy, terwyl hy die hek met die afstandbeheer laat oopskuif. Ongesiens word sy vinnig in 'n swart Ford EcoSport gelaai.

Dit voel vir Karen of 'n trein haar getrap het toe sy wakker word. Droë bloed kleef nog aan haar gesig vas, terwyl duiseligheid haar wil oorval as gevolg van 'n kloppend hoofpyn. Sy kyk om haar rond. Die aangrensende vertrek is 'n badkamer, sien sy.

Sy swaai haar bene stadig van die bed af om op te staan en soontoe te gaan. Die gesig wat vir haar terugkyk in die spieël, herken sy skaars. Haar oë is toegeswel, haar gesig erg gekneus en haar neus lyk gebreek. Sy spoel haar gesig versigtig af met louwarm water, en was die droë bloed af. Haar hele gesig is 'n skakering van blou pers en oranje.

Karen hoor stemme en sy draai haar kop skuins om te luister. Sy wonder of sy haar verbeel; is dit werklik vrouestemme wat sy hoor? Dan hoor sy dit weer, dit is beslis vrouestemme. Stadig skuif-skuif beweeg sy terug bed toe, want die kloppende hoofpyn maak haar naar.

Die geknars van 'n sleutel in die deurslot, laat haar verskrik na die deur kyk, onseker wat om te verwag. 'n Jong swart meisie maak die deur oop, met 'n vriendelike glimlag en kopknik groet sy vir Karen.

"Ek het vir jou iets te ete en drinke gebring," sê sy met 'n sagte stemtoon.

"Waar is ek? Watse plek is die? Wie is die ander mense hier? Ek het ander vroue stemme gehoor?" wil Karen angstig weet.

Die meisie trek haar skouers op; loer vinnig by die deur uit.

"Om eerlik te wees, ek het nie 'n idee waar ons is nie. Die plek se hoë mure en soliede skuifhek sny ons in geheel af van die buite wêreld." Voordat sy nog iets verder kan sê, hoor sy stemme en naderende voetstappe. Sy stap vinnig uit. Karen hoor die sleutel in die slot knars toe die deur weer gesluit word.

Paniek gryp haar aan die keel. Dit voel kompleet of sy versmoor, terwyl sweet van haar voorkop af in haar oë inrol en dit laat brand. Haar mond is kurkdroog en dit voel asof haar tong aan haar verhemelte vassit. Karen neem 'n sluk van die koeldrank en met 'n skok sien sy dat haar horlosie, met die opsporingstelsel, weg is. Hoe gaan hulle haar nou opspoor? Van een ding is sy seker, Johan sal nie ophou soek nie. Met dié wete lê sy weer terug teen die kussing en sluit haar oë.

Neels is so ingenome met die nuus dat Karen in sy mag is, dat sy sardoniese lag deur die huis weergalm. Selfvoldaan skink hy vir hom 'n whisky wat hy met een teug ledig, voordat hy nog een skink. Hy kan nie wag om haar gesigsuitdrukking te sien wanneer sy besef sy is in sy mag nie. Net die blote gedagte daaraan prikkel sy wellus en ontbied hy Lindie Swart 'n slank geboude 21 jarige donkerkop met blou oë na sy private sitkamer om sy drange te kom bevredig.

Die wete dat al die meisies bespreek is vir vanaand, en twee ministers hulle stres wil kom wegwerk, maak hom nog meer opgewek.

Johan raak onrustig, want dit is nou al die tweede stemboodskap wat hy vir Karen los, maar dan onthou hy sy het gesê sy gaan na gym by Marie koffie drink. Hy weet wanneer hulle eers aan die kuier raak, vergeet hulle van tyd en Karen se selfoon lê seker soos oudergewoonte, in haar gymsak.

Hy wil ook nie nou rondbel en almal op hol jaag nie. Indien hy teen môreoggend nog niks van haar gehoor het nie sal hy sy ma vra om gou by Karen te gaan inloer.

Sy kussing is al vuisvoos gedruk, maar sy lê kry hy nie. Hy raak eers in die vroeë oggendure aan die slaap. Die skril lui van sy selfoon laat hom verward wakker skrik. In die proses om die foon in die hande te kry stamp hy amper die bedlampie van die kassie af. Hy sien dit is Karen se naam op die skerm.

"Hi, Hartedief ek was..."

"Wil jy jou hartedief weer lewend sien?" vra 'n vreemde stem.

Dit voel vir Johan of elke druppel bloed in sy gesig wegvloei, terwyl hy in koue sweet uitslaan, sy kneukels toon wit met die wat hy die foon vasklem.

"Wie is jy?" wil hy skor weet. 'n Hoonlag aan die anderkant laat sy bloed stol in sy are.

"Wie ek is, is nie van belang nie, hou op krap waar dit nie jeuk nie," sê die persoon en druk die foon dood.

Johan besef dat hy nou eers rustig sal moet raak; sy emosies onder beheer kry en begin fokus want een verkeerde besluit kan katastrofies wees. Sy ondersoek na die meisies wat ontvoer is, het daartoe gelei dat Karen ontvoer is.

Met sy emosies onder beheer, skakel hy kolonel Swanepoel en vertel hom woordeliks wat die persoon gesê het wat van Karen se foon af geskakel het.

"Smith, ek sal dadelik 'n ondersoekspan uitstuur na Karen se meenthuis, maar moet dit met niemand bespreek nie. Ek vermoed hier is meer agter die storie as net die ontvoering.”

“Soos dat daar ’n mol is?” snap Johan vinnig wat die man insinueer.

“Dis net my vermoede. Ons praat later weer.”

Kolonel Swanepoel, of Swannie soos hy bekend staan onder sy kollegas, neem ’n sluk van sy coke voordat hy brigadier Nene skakel om hom van die ontvoering mee te deel. Hy bespreek ook sy vermoede met die brigadier, want seker gebeure die laaste tyd is net té toevallig.

“Kolonel, jy moet vir jou ’n uitgesoekte span kies, ’n span wat jy kan vertrou. Ek deel jou vermoede dat ons ’n informant in ons midde het, want dit is te toevallig dat hulle elke keer ’n stappie voor ons is. Hou my op hoogte van sake,” beveel hy en beëindig die gesprek.

Met ’n frons tussen sy oë oordink hy die hele situasie. Waar gaan alles eindig? dink hy. Indien jy nie eers meer jou eie kollegas kan vertrou nie, wie kán jy dan vertrou? Maar daar is nie nou tyd vir wonder nie; daar is werk wat gedoen moet word. Eers skakel hy kaptein Sibisi daarna sersant Gouws, en gee vir hulle die adres waar hulle hom moet kry.

Toe hulle by Karen se meenthuis kom, lyk alles op die oog af rustig. Daar is geen teken van gedwonge ingang nie die voertuig is in die motorhuis.

“Kaptein!” roep sersant Gouws opgewonde.

“Ek het iets gekry!”

Hy wys na ’n SIM-kaart wat half onsigbaar op die gras lê. Danksy die son se weerkaatsing daarop, kon hy dit sien. Kaptein Sibisi haal een van die bewysstuksakkies uit sy sak en maak dit oop. Sersant Gous gooi die SIM-kaart daarin.

"Goeie werk, Sersant," sê hy terwyl hy sy handskoene uittrek.

"Hierdie bewysstuk moet ons so gou as moontlik by forensies kry, want indien dit Karen se se SIM-kaart is, het ons moontlik 'n deurbraak," sê kolonel Swanepoel. "Dit sal nie haar foon se SIM-kaart wees nie, want dié is gebruik om speurder-sersant Smith te bel. Hierdie kan moontlik iets wees wat 'n opsporingstelsel bevat," sê hy.

Terug by die polisiekantoor, gaan gee kolonel Swanepoel die SIM-kaart in by forensies en hy gee opdrag dat die saak voorrang moet geniet. Terwyl hy ongeduldig in sy kantoor wag vir inligting, vat 'n sluk van sy coke. Dit is sulke dinge wat sal maak dat ek weer begin rook dink hy.

Met die wat sy foon lui, kom Johan sy kantoor binne om te hoor of daar enige nuwe verwikkeling is. Hand in die lig beduie hy vir Johan om te wag, terwyl besig is met die gesprek. Toe hy die oproep beëindig, glimlag hy tevrede. "Goeie nuus! Ons het die SIM-kaart van haar smartwatch gekry. Dit het 'n ingeboude opsporingstelsel waarmee hulle kon bepaal waar sy aangehou word. Kaptein Griesel en sy taakspan is nou op pad daarheen," sê hy met 'n verligte uitdrukking op sy gesig, terwyl hy nog 'n sluk coke vat.

"Waar word sy aangehou?" wil Johan weet.

"Boerenstraat 144. Dis 'n dubbel-verdiepinghuis wat leeg staan," sê kolonel Swanepoel en neem weer 'n sluk coke.

Geruisloos beweeg kaptein Griesel en sy span deur die grondvlak. Met handseine word die opdrag gegee om teen die trappe op te beweeg na die boonste verdieping.

"Bliksem!" uiter kaptein Griesel 'n kragwoord. In die hoek van die hoof-slaapkamer lê Karen se smartwatch langs 'n selfoon en nota aan wat lees: 'Julle is toe nie so slim nie nè.' Met die wat die selfoon lui antwoord hy onmiddellik. "Griesel."

"Kaptein, kaptein. Ken jy daardie song, every move you make, every step you take, I am watching you? Sê vir ou Bulldog en Swannie big brother is watching," sê 'n smalende stem. Met 'n sardoniese lag beëindig hy die gesprek.

Woedend plaas hy die bewysstukke in 'n sakkie, wetende dat dit geen leidrade gaan oplewer nie. Sy blou oë blits vuur, terwyl hy kolonel Swanepoel se kontak op selfoon intik om hom van die gebeure te verwittig.

Bleek van woede maak kolonel Swannie nog 'n coke oop en neem 'n sluk. Die koue vloeistof lawe sy krapperig keel, maar bring nie sy woede onder bedaring nie. Hemele behoed hom wanneer hy sy hande op daardie informant lê, want hy sal nie verantwoording kan doen vir sy optrede nie.

Duidelik is dit iemand wat insae tot alle inligting en beweging van hulle het. Maar wie?

"Jy kan ontspan, alles het volgens plan verloop," sê majoor Kleinhans en beëindig die gesprek, terwyl hy weer die selfoon in die onderste laai van sy liasseerkabinet toesluit.

"Enige nuwe verwikkelinge, Kolonel?" vra hy in die verbystap aan kolonel Swanepoel.

Woordeloos, skud Swannie sy kop heen en weer. Moedeloosheid straal uit hom uit.

Selfvoldaan en met 'n breë glimlag skink Neels vir hom 'n drankie. Hy sal wat wou gee om ou Bulldog se gesig te kon sien. Hy bel Armand en beveel hom om hom te kom sien.

"Armand, my slaaf. Ek het 'n spesiale vertoning vanaand net vir jou, maar eers werk voor plesier," sê hy met 'n snedige gesigsuitdrukking, terwyl hy 'n aktetas vol tweehonderd randnote te voorskyn bring. "Sê vir Kleinhans ek betaal met 'n glimlag vir dienste gelewer, maar ek eis ook my betaling vir agterlosige en brouwerk. Terloops daar is drie nuwe kliënte wat jy vir die vertoning moet gaan haal vir 'n bietjie stresontlading."

Armand voel hoe sy moermeter in die rooi gedruk word. Wrewel en haat teenoor Neels vreet soos kanker aan hom, en sy magteloosheid is besig om hom tot waansin te dryf.

"Jy is ruggraatloos, hoe lank gaan jy nog toelaat dat hy jou boelie?" sê-vra Armand homself die vraag hardop af.

Karen skrik toe die sleutel in die slot knars, en die vriendelike meisie van vroeër die deur oopmaak en binnekom.

"Kom, die baas wil jou sien, en glo my 'n mens laat hom nie wag," sê   sy. Haar gesig het 'n bang uitdrukking op haar gesig.

Die meisie se ooglopende vrees laat Karen se maag draai. Sy voel hoe angs haar keel wil toedruk, terwyl sy haar voete van die bed af swaai. Loodvoetig stap sy saam met die meisie by die deur uit en spanning kan in die stilte tussen hulle aangevoel word.

"Weet jy al waar ons is?" wil Karen benoud van die meisie weet.

"Hallo, Karen."

Verward kyk Karen om, toe sy die stem uit die niet agter haar hoor.

"Armand! Het jy my kom haal? Hoe het jy geweet waar ek is?" vra sy hoopvol.

Met 'n kop beweging beduie hy vir die jong meisie sy kan maar gaan.

"Kom, ek neem jou na die baas toe," sê hy met 'n verleë glimlag.

Karen voel hoe haar hartritme versnel, en angs haar omvou. Sy het meteens die gevoel dat daar nog meer slegte verrassings op haar wag as Neels Pieters se vriend, Armand Greeff.

Hoofstuk 7

"Hallo, Karen," groet Neels smalend.

"Jy!" roep Karen verbaas uit, terwyl sy na haar asem snak en voel hoe die bloed uit haar gesig dreineer.

"Ek het jou mos gesê, indien ek jou nie kan kry nie, niemand jou sal kry nie," sê hy en lag sardonies.

"Jy is 'n pateet met 'n skynheilige gevreet. Mag en geldgierigheid het jou mal gemaak," snou sy hom toe, terwyl woedevonkies in haar oë blits.

Bleek van woede kom Neels orent. "Hoe durf jy so met my praat, jou klein slet!" bulder hy briesend. Toe Karen omdraai, gryp Neels haar aan die hare. Met die rugkant van sy hand klap hy haar dat sy oor die vloer skuif, en bloed stroom toe sy ring haar wang oop kloof.

Net soos 'n roofdier wat bloed geruik het op sy prooi toesak, sak hy op Karen toe. Hy pluk haar van die vloer af op en druk haar teen die muur vas, terwyl sy vuis haar gesig en lyf verniel. Genadiglik raak alles swart om haar en sy sak stadig af vloer toe. Voor sy die vloer bereik, skop hy haar in die gesig.

Met afgryse staan Armand na die toneel voor hom en kyk.

"Moenie net daar staan nie! Gaan roep vir Sanet Griesel en Natasha Lee om die slet terug te vat kamer toe. Maak seker jy laat nie ons kliënte wag nie," beveel hy terwyl hy wegstap.

Die man is 'n sadis sonder 'n greintjie menslikheid in hom, dink Armand, terwyl hy die twee meisies gaan roep.

Bleek in die gesig, vreesbevange, angstig probeer hulle Karen wakker kry.

"Haal sy nog asem?" wil Armand benoud weet.

"Ja, maar sy benodig dringend mediese behandeling, haar polsslag is flou en sy is besig om in skok te gaan," sê Sanet.

Armand buk en tel Karen in sy arms op, terwyl Natasha solank ontsmettingsmiddel en louwarm water in gereedheid gaan kry om Karen se wonde te ontsmet.

Armand bel vir Neels om hom in te lig van Karen se toestand en te hoor wat hom te doen staan.

"Betaal ek jou om jou oor 'n slet te bekommer of om vir my te werk," wil Neels sarkasties weet en druk die foon dood.

Met die beëindiging van die gesprek uiter Armand 'n kragwoord, terwyl woede duidelik op sy gesig te bespeur is.

Besorg staan hy nader en toekyk hoe Natasha Karen se wond ontsmet en die bloed probeer stop. Dit bekommer hom dat Karen nog nie haar bewussyn herwin het nie, maar terwyl Natasha Karen se gesig met die louwarm water afvee, kreun sy saggies en maak haar oë oop.

Vrees omvou Armand. Dit voel kompleet of die lewe uit hom gewurg word toe hy sien Karen se oë staar net in die niet.

"Karen!" roep hy haar naam uit sonder dat dit enige reaksie by haar ontlok.

Die moontlike gedagte dat sy moonlike breinskade kon opgedoen het, maak hom paniekbevange. Hy sien ook die ontsteltenis op Sanet en Natasha se gesig.

Sy foon vibreer in sy sak en Sanet sien hoe die blou oë van Armand grys word van woede terwyl hy die boodskap lees. Hy kyk na haar toe hy vir haar sê om Tembi Nkosi te laat weet haar afspraak is met 'n halfuur vervroeg, waarna hy met 'n kragwoord omswaai en uitstap.

"Armand! Hoeveel lewens moet nog vernietig word voor jy iets daaromtrent gaan doen?" vra hy homself die vraag hardop af.

Die onsekerheid vreet soos 'n kanker aan Johan se binneste. Angs wil hom oorweldig, maar besef hy moet koelkop bly. Dit frustreer hom; elke leidraad is 'n doodloopstraat. Selfs die IP adresse van die webtuistes wat gebruik was vir bekendstelling en advertering kon nie opgespoor word nie. Duidelik is hulle goed ingelig.

Geldgierigheid en mag het die hele land op sy knieë. Medemenslikheid bestaan nie meer nie. Kyk maar net na die welvaart in kerke wat valse hoop vir geld verkondig.

Johan wip van skrik toe sy selfoon lui. Met hoop dat dit inligting rakend Karen is antwoord hy sonder om na die naam op die skerm te kyk. Hy is effens teleurgesteld omdat dit Karen se pa is en nie die oproep waarop hy gehoop het nie. Adriaan deel hom mee dat hy eers by sy ma op Ladysmith aangaan, want daar is glo dringende sake wat sy met hom wil bespreek. Johan kan die irritasie en kommer in sy stem hoor en weet oom Adriaan wil eerder hier wees waar hy saam kan wag op inligting.

In die hospitaalkamer luister Adriaan geskok na die hortende woorde wat oor sy ma se lippe kom; woorde wat sy hele lewe gaan verander. Die besef dat hy en Pauline 'n seun saam het, laat hom lam van skok. "Ons kan later praat, rus ma nou eers," sê hy, terwyl hy sy ma se hand in syne toevou. Hy probeer die skok en ook woede wat deur hom spoel te onderdruk.

"Nee my kind, ek kan nie langer stilbly nie. Ek hoop net jy sal dit eendag oor jou hart kan kry om my te vergewe," sê sy fluisterend, terwyl trane teen haar wange afrol.

Met die toneel wat voor haar afspeel, draai die nag Suster ongesiens om en stap terug na haar kantoor toe om nie die intieme oomblik tussen ma en seun te onderbreek nie. Sy weet die dood wag om die draai.

Adriaan sukkel om alles te verwerk toe sy ma 'n paar minute later haar laaste asem uitblaas. Hy stap verdwaas na sy kar toe. Eers dáár gee hy uiting aan sy emosies van woede, frustrasie, ongeloof en pyn. Hy slaan met sy vuis teen die stuurwiel, terwyl hy uitskreeu: "Waarom stilbly al die jare? Waarom?!"

Hy weet hierop sal hy nou geen antwoord meer kan kry nie. Haar ontydige dood het daarvoor gesorg. Hoe en waar begin hy soek na 'n seun wat hy nie eers geweet het bestaan nie?

Hoe kon sy dit oor haar hart kry om hom die vreugde van vaderskap ontneem; sy wat altyd liefdevol teenoor Karen opgetree het? 'n Mens sou nooit kon sê dit is haar stiefkleindogter nie; sy het haar liefgehad soos haar eie vlees en bloed. Maar nou is sy ma dood voordat hy al die antwoorde kon kry.

Armand is tevrede dat die meisies reg is vir vanaand se kuier. In sy motor laat sak hy sy kop op sy arms, terwyl die kneukels van sy hande wit deurslaan van woede en vasklem om die stuurwiel.

Hy besef hy kan nie veel langer so aangaan nie. Karen se beeld waar sy net so nikssiende lê laat sy keel toetrek dat dit voel of hy besig is om te versmoor. Hy dink aan die kere wat hy en sy vrou saam by Neels en Karen gekuier het. Indien sy vrou moet uitvind dat hy net gestaan en toekyk hoe Karen geskop en geslaan word, sal sy hom nooit sal vergewe nie. Dit is nou besluitneming tyd; ongeag wat hy besluit dit gaan sy lewe nie onveranderd laat nie. Neels het hom so slim betrek by al sy vuil speletjies, dat hy alreeds te diep betrokke was voordat hy besef het waarmee sy sogenaamde vriend werklik besig was. Daarna het die afpersing begin en die geld wat hy betaal is om aan te hou doen waarteen alles in hom indruis. Maar nou is dit genoeg.

Armand laat sy hande ontspan, haal sy sakdoek uit om die sweet van sy voorkop af te vee.

'n Sug ontsnap sy lippe met die wat hy sy foon uithaal en Bulldog se nommer in sy kontakte soek. Toe hy dit kry, druk hy die groen knoppie.

Na Bulldog se oproep, voel Johan hoe vrees hom soos 'n hiëna aan die keel gryp en elke bietjie lewe uit hom begin wurg. Sy bene wankel onder hom en hy moet eers gaan sit om al die inligting te absorbeer en te verwerk.

Na ongeveer 'n halfuur is alle planne in gereedheid gebring vir die reddingspoging en om Neels vas te trek. Kaptein Griesel en twee van die taakmag lede sal saam met Armand in sy motor as die sogenaamde gaste van die meisies, die eiendom binnegaan. Sodra kaptein Griesel seker is alles is veilig en onder beheer, sal die ambulans en ander voertuie inbeweeg.

Die spanning is duidelik sigbaar op Johan se gesig. Terwyl hy die sweet van sy voorkop afvee, maak Swannie nog 'n coke oop. Dit is sy manier om stres te hanteer nadat hy van die rookgewoonte ontslae geraak het.

Kaptein Griesel se stem oor die polisieradio laat skop adrenalien in en is stres vergete. Die voertuie beweeg in gevolg deur die ambulans. Voor Johan die huis saam met die paramedici kan binnegaan, keer kaptein Griesel hom.

"Nie nou nie, Sersant! Laat hulle hul werk doen, daar is niks wat jy nou kan doen nie. Kom help my met die verklarings van die vrouens!"

"Maar, Kaptein! Asseblief, net vyf minute dit is al wat ek vra, asseblief Kaptein."

"Kaptein, Sersant! Roep kolonel Swannie. Ek hoor 'n motor luier en ruik uitlaatgas, help dat ons die motorhuis deur oopmaak, want ek vermoed onraad."

Met die dat hulle sukkel om die deur oop te kry hoor Johan die ambulans se deure toeklap en die sirenes wat aangaan. Op daardie oomblik gee die motorhuisdeur skiet en kan hulle die deur oopmaak.

"Sersant! Jy kan maar gaan, Kaptein! Skakel jy solank forensies en patologie afdeling, want ek vermoed vuilspel!"

"Hulle is op pad, Kolonel," laat kaptein Griesel van hom hoor, terwyl hy na die liggaam van Neels kyk, wat met sy kop op die stuurwiel lê.

"Ek wonder, was dit moord, of selfdood?"

"Dit lyk vir my meer na moord, maar patologie sal die oorsaak van sy dood vir ons bevestig. Moontlik wou hy een van die slagoffers gebruik vir sy eie plesier en kon sy dit regkry om uit die motor te ontsnap. As sy hom kon katswink slaan, kon sy dalk net die motorhuis se deure toegemaak het om seker te maak hy kom nie uit nie. Maar kom, laat forensies hier aangaan, dan gaan hoor ons of hulle enige leidrade in die huis gevind het," sê kolonel Swannie met 'n frons tussen sy oë.

"Kolonel! Ons het die jackpot. Die hardeskyf van die sekuriteitskameras en 'n skootrekenaar met tasbare bewyse op. Dis genoeg om 'n paar polisie-offisiere en politici slaaplose nagte te besorg," laat Kobie van forensies trots van hom hoor.

"Die verklarings van die vroue saam met Armand se verklaring, sal deurslaggewend genoeg wees vir ons om met die arrestasies te begin en 'n suksesvolle vervolging te verseker!" deel kolonel Swannie brigadier Nene mee.

Hy kon hoor hoe sug brigadier Nene van verligting. Hy is self ook verlig.

Majoor Kleinhans se betrokkenheid by die sindikaat, is vir hom moeilik om te verwerk.

Nie net was hulle kollegas nie, maar het gereeld na werk 'n bier by die katien gaan drink en dan juis oor die sindikaat gepraat. Onwetend, het Kleinhans so inligting uit hom gemelk.

Terwyl die grys onweerswolke op die horison saampak, en die son se strale spikkeltjies deur die boomblare op die plaveisel val, loop Johan soos 'n vasgekeerde roofdier in die buite-area van die hospitaal op en af, wagtend op nuus. Die koue, kliniese mure van die wagkamer versmoor hom. Hy het net weer langs sy ma gaan sit in die wagkamer, toe die dokter sy opwagting maak.

"Die operasie om die drukking op die brein te verlig blyk suksesvol te wees, maar of daar permanente skade gaan wees, kan nie nou gesê word nie. Breinbeserings is baie kompleks. Indien sy bykom, sal enige skade dan eers bepaal kan word, maar andersins nie!"

Daar is drie woorde van die dokter wat hom teen die planke het: "Indien sy bykom."

Die nuus tref Johan soos 'n vuishou tussen die oë en laat hom steierend gaan sit. Vertroostend gee sy ma sy skouer 'n drukkie, terwyl sy die dokter met 'n bewende stem bedank.

Met die wat die dokter wegstap, wil Johan agterna, maar sy ma se sagte stem kalmeer hom toe sy hom aan die arm vat. "Kom, laat jy gaan rus. Môre kan jy helderdenkend met die dokter praat."

Johan haal sy foon uit om oom Adriaan te bel. Hy het hom deurlopend op hoogte gehou, maar nou is daar geen goeie nuus nie.

Om te dink, Karen was verloof aan Neels. Net 'n monster kan doen wat hy gedoen het.

Die dokter se woorde maal en draai in sy kop, terwyl die onsekerheid sy binneste op kerwe en benoudheid die lug uit sy longe wurg.

Hoe is dit moontlik dat 'n mens se lewe in 'n bestek van 'n paar uur, so dramaties kan verander! Nie net het oom Adriaan sy ma aan die dood moes afstaan nie, maar ook nuus ontvang van sy ma wat sy eie voete onder hom uitgeslaan het. Om alles te vererger is hy besig met die begrafnisreëlings en kan dus nie nou deurry om by Karen te wees nie.

Uiteindelik gaan Johan huis toe, maar slaap bly hom ontwyk. "Here, my God! My geloof wankel. Ek weet nie hoe om staande te bly in die krisisuur nie. Haat, woede en onsekerheid laat my nie tot rus kom nie!" Met die woorde skakel Johan sy bedlamp af en die moegheid en slaap hom uiteindelik genadiglik oorval.

Vrees en benoudheid is duidelik op sy gesig sigbaar toe hy die volgende oggend die intensiewesorgeenheid binnestap waar Karen wasbleek gekoppel aan masjiene op die bed lê. Die vriendelike suster wat die lesings op die skerms monitor neem, deel hom vriendelik mee dat daar geen verandering in haar toestand is nie, maar dat sy wel 'n rustige nag gehad het. Die suster sien die pyn, vrees en liefde in Johan se oë toe hy langs Karen se bed gaan sit en haar hand in sy hande toevou, terwyl sy skouers geluidloos begin ruk en trane langs sy wange afrol. Dit vorm druppels op die laken sonder dat hy daarvan bewus is.

Die spanning van die afgelope week begin sy tol eis, haar spoorlose verdwyning, die kat-en-muis-speletjie van Nees en sy trawante en hier waar sy nou in 'n koma lê, is te veel vir hom.

Hoofstuk 8

Johan hoor die kommer en frustrasie in Adriaan se stem. Hy wil by sy dogter wees, maar omstandighede laat dit nie toe nie.

Stil bid hy vir 'n wonderwerk, maar twyfel en vrees speel woer-woer met sy gedagtes. Gister het die suster vir hom gevra het of hy aan wonderwerke glo en hy het gesê hy glo. Sonder twyfel hét hy dit geglo, maar nou twyfel hy weer. Karen se bleek gelaat, roerloos op die bed wil alle vertroue uit hom wurg.

Die sny aan haar wang is nog geswel, maar volgens die dokter sal dit nie letsels oorlaat nie, dalk 'n fyn haarlyn streep. Omrede die wond byna regdeur haar wang gesny het, gaan dit egter 'n tydjie neem om te genees. Terwyl hy praat lig hy haar hand stadig op, asof dit breekbaar kan wees en laat dan sy lippe vlugtig teen haar vingers druk voor hy haar hand los.

"Asseblief, Here! Laat sy wakker word," prewel hy geluidloos.

Hy dwing sy stem na normaal en begin haar vertel van die plaas; wat hy alles beplan om te doen as hulle eers gevestig is na die troue, want alleen wil hy nie daar gaan bly nie.

Dan voel hy haar vinger wat teen sy hand beweeg. Skrikkerig dat sy verbeelding met hom op hol gaan, kyk hy om; sien dat die suster 'n aantekening op haar verslag aanbring, terwyl sy met 'n glimlag bevestig dat hy hom nie verbeel het nie. Hy hou aan praat en laat sy en oë soekend oor haar gly, hopend om enige beweging van ooglede, lippe waar te neem. Sy stem bons teen haar gesig vas, voor sy lippe saggies op haar voorkop neerkom.

Dokter Peters se naam weergalm deur die gange van die hospitaal. Afwagting, opwinding en vrees golf deur sy gemoed, terwyl hy wag vir die dokter om op te daag.

Dit is skaars vyf minute later, toe is die dokter daar. Vlugtig gly sy oë oor die monitorlesings voordat hy vooroor buig; eers die een en dan die ander ooglid oplig en met 'n skerp liggie daarin loer.

"Daar is beslis verwikkelinge. Dat sy is besig om wakker te word uit die koma, is nie te betwyfel nie. Hoe lank dit nog gaan vat kan ek nie sê nie, maar hoe gouer hoe beter. Dan sal ons eers kan vasstel of daar enige permanente skade is," sê die dokter terwyl hy 'n aantekening op die suster se verslagkaart maak.

Johan laat sy mond vlindersag eers op die een dan op die ander ooglid rus. Vir die eerste keer begin hoop in hom vlamvat, terwyl spanning hom stadig verlaat. Nou glo hy weereens aan daardie wonderwerk dat Karen geen nagevolg sal oorhou van die wrede aanval nie.

Hy kyk na die deur toe hy beweging daar sien. Adriaan kom die kamer binnegestap, spanning en pyn duidelik sigbaar op sy gesig. Sy hand vou hare toe.

"Enige nuwe verwikkeling?" wil hy skor weet.

"Net voor oom gekom het, was die dokter hier. Volgens hom is sy besig om uit die koma te kom, maar hy kan nie presies sê wanneer dit gaan gebeur nie. Dit kan in 'n uur of 'n dag of twee neem. Dan eers sal hulle kan vasstel of daar enige permanente breinskade is."

"Johan... Johan," kom die geluidlose fluistering oor Karen se lippe. Haar hand beweeg tussen Johan se vingers.

Die suster het die verandering op die skerm waargeneem, en so op haar verslag aangeteken. dit is nou net 'n kwessie van tyd voor sy wakker is.

Karen hoor haar pa en Johan se stemme, terwyl hulle praat maar verstaan nie; sy is te moeg om daarop te regeer.

Na 'n uur staan Adriaan op en soen Karen op die voorkop.

"Ek moet in die pad val. Dit is 'n besige week wat vir my voorlê; môre die finale reëlings tref vir die roudiens, daarna moet ek Durban toe vir sake. Asseblief ... hou my op hoogte, enige tyd dag of nag, indien daar enige verandering is!"

"Ek sal so maak, Oom," groet Johan vir Adriaan.

Johan sit sluimerend langs Karen se bed, hopend dat sy nou wakker sal word. Hy hoor haar na hom roep en sit vervaard orent. Het hy gedroom?

Hy sit nou wawyd wakker met haar hand in syne, toe sy weer sy naam roep. "Johan?"

"Karen, lief! Ek is hier by jou."

"Ek is so moeg, waar is ek? Alles is so donker," sê sy benoud.

Nog voor hy kan antwoord, stap die dokter die kamer binne en hoor die benoudheid in haar stem.

"Welkom terug by ons," sê hy met 'n kalmerende stem, terwyl sy kennersoog wakend, oplettend oor haar gesig beweeg.

"Ek kan nie, sien nie! Alles is donker om my," antwoord sy angstig.

"Nou laat ek kyk. Maak jou oë oop, sodat ek diep in jou oë kan kyk," sê hy humoristies wat 'n kalmerende uitwerking op Karen het. Hy haal sy oftalmoskoop uit en begin sy ondersoek.

Die oogbal bestaande uit die lens, kornea, iris en pupil van beide oë lyk normaal.

"Ek sien niks abnormaal in jou oë nie. Ons noem dit tydelike blindheid. Dit gebeur wanneer daar 'n blokkasie in die aartjie ontstaan en soos die brein herstel begin bloed sterker vloei en keer die sig terug na normaal. Dit kan tussen twee dae tot twee weke neem om te herstel. Indien daar enige skade is, sal ons dit eers na twee weke kan weet, maar ek glo nie jy moet jou onnodig bekommer nie. Ek gaan die suster vra om jou oë te verbind; ek wil nie hê daar moet enige lig inkom nie. Die verbande gaan vier-uurliks geruil word. Ontspan jy nou net. Jy moet soveel as moontlik rus kry."

"Dankie, dokter." Karen se stem klink hees.

Gerusstellend neem Johan haar hand in syne en gaan sit weer langs haar bed.

"Die sny is besig om mooi te genees. Hoewel dit 'n baie diep sny was, het die dokter met sekerheid gesê dat jy geen letsel sal oorhou nie!"

"Hoe kon hy dit doen? Ek en Neels was verloof. Het dit dan niks beteken nie?"

"Geld, mag, narsisme het van hom 'n monster gemaak. Maar hy is dood, my liefste. Jy hoef nooit weer te vrees dat hy jou in die hande sal kry nie. Was dit nie vir Armand se oproep en bekentenis nie, weet ek nie hoe ons jou sou opgespoor het nie. Hulle was slu en slinks en het hulle spore toegevee," deel hy haar mee.

Pauline loer ook later in. "Ek is so bly jy is wakker. My blydskap kan ek en nie in woorde uitdruk nie," sê sy terwyl sy 'n traan wegpink.

"Dankie, Tannie. Dit is lekker om weer te kan hoor en praat, nou moet ek net kan sien, dan is ek weer mens," skerts Karen. "Kan tannie asseblief vir Johan sê hy moet gaan rus? Ek kan nie sien nie, maar voel hoe steek daardie stoppelbaard en ek weet hy was elke uur van die dag hier!"

"Het ek dan nie 'n sê nie? Kyk teen twee vroue kan 'n man nie wen nie," terg hy, terwyl hy Karen soengroet. Die moegheid laat hom tam.

Pauline kan vanoggend na vyf dae se spanning 'n verandering aanvoel toe sy Karen se kamer binnestap.

"Het ek iets gemis? Daardie glimlag spreek boekdele," wil sy weet.

"Tannie, die dokter het gesê ek kan dalk môre oorgeplaas word na 'n privaat saal. Met die omruil van die verbande vanoggend kon ek blur sien. Nog goeie nuus is dat my pa môre of oormôre kom. My nuuskierigheid is besig om die oorhand te kry rakende die nuwe roman wat ek besig was om te lees voordat alles gebeur het," babbel sy voort. "Ek weet nie of tannie al ooit enige roman van A&P gelees het nie? Johan het dit vir my gaan haal om my aan te spoor om vinniger gesond te word. Sal tannie dalk vir my voorlees?"

Pauline laat haar nie twee keer nooi nie. A&P is loshande haar gunsteling skrywer.

Karen het die grootste deel klaar gelees, dus bly daar net so twee hoofstukke oor. Aan die einde van die roman, rol die trane onbeskaamd oor die twee vroue se wange.

Dit is Pauline wat eerste die stilte verbreek. "Hierdie verhaal kon net sowel, my en Johan se pa se verhaal gewees het, al wat verskil is plekke en name!"

"Het tannie dit nie al oorweeg, om Johan se pa op Facebook op te spoor nie?"

"Haai, nee my kind. Facebook is vir julle jong mense en dit sal maar net ou wonde oopkrap. Ek glo hy is ook seker getroud en het heel moontlik 'n gesin, want hy was nogal sag op die oog. Nou dat ons so praat onthou ek, ek hom eenkeer vinnig op televisie gesien. Met Johan by die huis is die is die televisie altyd op een of ander sportkanaal. Watse sportkanaal dit was, waarop ek hom gesien het, kan ek nie eers meer onthou nie," korswel sy.

"Hou ma nie meer toesig by die koshuis nie? Met die trant wat hier gekuier word, sal die dokter genoodsaak wees, om julle al twee hier uit te boender nie," skerts Johan toe hy inkom voordat hy afbuk en Karen teer, sag op die lippe soen. Hy kan nie meer wag vir die dag wat hy haar in sy arms toevou en liefkoos nie.

"Hygend hert! Kyk waar staan die tyd al. Ek sal moet wikkel, anders is ek laat," groet Pauline en stap by die kamer uit en drafstap die gang af.

Met die kom die dokter intensiewe-sorgeenheid binne en groet vriendelik, terwyl sy professionele oog oor die monitors beweeg.

"Nou wil ek bietjie in jou oë kyk," skerts hy, terwyl hy die verbande stadig afrol.

Johan voel hoe die spanning stadig in hom opbou in afwagting. Net voor hy die laaste verband van haar oë aflig vra hy die suster om die ligte te verdof. Dan verduidelik hy presies wat volgende gaan gebeur. Vir eers sal sy vir twee minute met oë toe moet lê met die een laag verbande nog oor die oë en wanneer dit verwyder is, sal hy vir haar sê om haar oë oop te maak.

Hy verduidelik ook aan haar dat dit nog in die vroeë stadium is, en dat sy nie te hoë verwagtinge moet hê nie. Hy doen dit ook net, omdat sy blur gesien het vanoggend.

Uiteindelik is die twee minute verby, en het die oomblik van afwagting aangebreek. Johan loer na Karen voor die dokter vir haar sê om haar oë oop te maak, en sien die opgewonde uitdrukking op haar gesig.

"Ek kan sien! Ek kan sien!" roep sy vreugdevol uit, terwyl trane van vreugde oor haar wange rol en Johan ook ongesiens 'n traan afvee.

"Vir die volgende sewe dae beveel ek aan dat jy maar 'n sonbril moet dra, want jou oë gaan sensitief vir die lig wees. Aangesien die eenheid vir mense met ernstige beserings of siektes is, beveel ek aan dat jy nou na 'n privaat saal of kamer soos jy verkies, geskuif kan word.

Ongekende blydskap omvou die twee verliefdes se hart, terwyl Johan sy selfoon uithaal om sy ma en Karen se pa die goeie nuus mee te deel.

Dit voel vir Karen soos 'n droom. Haar nagmerrie is verby. Dit maak haar nederig en dankbaar jy kan hoe arm wees, maar indien jy gesond is, is jy skatryk. Met die wat die verskuiwing van die intensiewesorgeenheid na 'n privaat kamer plaasvind, glip Johan gou uit na die hospitaal kafee om vir haar 'n vrouetydskrif en sjokolade te koop.

Hy besef sy ma en Karen se pa het nog nie ontmoet nie, maar dit gaan hom nou nie verhoed om haastig te raak met die troue nie. Dit klink of oom Adriaan die keer meer tyd ophande het, en dit bied die ideale geleentheid is vir hulle om mekaar te ontmoet.

Omdat Karen nou in 'n privaat kamer is, is dit die ideale ontmoetingsplek en oom Adriaan kom juis oormôre.

Hoofstuk 9

"Môre, Oom, dit is nou 'n verrassing, ons het oom eers môre verwag. Is dit nou nie toevallig nie, hier kom my ma ook aangestap; nou kan ek oom-hulle uiteindelik aan mekaar voorstel. Ag verskoon my net 'n oomblik ek moet die oproep neem," brom Johan, met 'n ongeduldige uitdrukking op sy gesig toe sy foon lui. Hy het skaars twee minute gepraat, maar toe hy omdraai is, geeneen van hulle insig nie. Dit is snaaks dink hy. Hulle was dan nou nog hier, hy sal maar na werk by Karen hoor hoe het die ontmoeting verloop.

Majoor Kleinhans het na Neels se selfdood net spoorloos verdwyn, tot vandag toe is hy nog weg. Die selfoon wat in sy liasseerkabinet ontdek was, het die rede vir sy verdwyning verskaf; dit is ook deel van die agenda op vandag se vergadering, want nuwe inligting het vorendag gekom. Vandag sal ook sy laaste vergadering wees, voor sy loopbaan aan die einde van die week tot einde kom. Hy gaan dit mis, maar dit is 'n nuwe begin, hoofstuk wat in sy lewe aanbreek.

"Pauline is dit werklik jy? Om te dink na al die jare se gesoek, loop ek jou in 'n hospitaalgang raak. Kom ons gaan sit in die tuin; ek dink ons het baie om oor te gesels!" Adriaan neem Pauline liggies aan die elmboog en stuur haar in die rigting van die tuin.

Pauline se verbasing laat haar stom, terwyl sy gedwee toelaat dat hy haar aan die elmboog in die rigting van die tuin stuur.

"Wat, maak jy hier? Ek bedoel, werk jy hier?" Pauline bloos omdat sy so oor haar eie woorde struikel.

Hy glimlag sy bekende dimpelglimlag wat nog dieselfde effek op haar het as twee-en-dertig jaar gelede.

"Ek het vir my dogter, Karen, kom kuier. Ek sal jou graag aan haar wil gaan voorstel, indien jy nie omgee nie."

"Karen? My seun se groot liefde se naam is Karen!"

"As jou seun se naam Johan is, praat ons van dieselfde Karen. Ek praat gereeld met Johan. Hy het my deurlopend op hoogte gehou van haar toestand."

Pauline verbleek en knik. "My seun se naam is Johan, ja, maar dan sal ek en jy baie dringend moet praat, Adriaan. Johan... Johan is jou kind. Daar is dus geen manier waarop hy en Karen 'n verhouding mag hê nie!"

"My ma het op haar sterfbed gesê dat ek 'n seun het, maar ek het nie besef dat dit Johan is nie. Karen is egter my stiefdogter uit my oorlede vrou se vorige huwelik. Hulle is dus vry om mekaar lief te hê. Daar is eers baie wat ek graag persoonlik met jou wil bespreek. Weet jy dalk van 'n plek waar ons rustig kan sit en gesels?"

"Ek kan vir jou koffie of tee aanbied. My woonstel is nie vêr hiervandaan nie," stel sy voor.

"Dankie, dit sal heerlik wees," antwoord hy glimlaggend waarna hulle in die rigting van die parkeerarea stap.

Pauline voel byna kortasem. Uiteindelik na twee-en-dertig jaar gaan die geheim van Adriaan se onverwagse verdwyning en stilswye opgelos word.

Hulle ry sommer met Adriaan se motor na Pauline se woonstel toe. Haar woonstel is deel van haar persoonlikheid, merk Adriaan op toe sy kombuis toe stap om te gaan koffie maak. Hy kyk rond en sien die boek op haar koffietafel lê. Hy tel dit op. Hoe goed ken hy dit nie, dink hy glimlaggend.

Pauline is vinnig terug en sien Adriaan met die boek in sy hande staan. Sy glimlag. Adriaan was mos maar altyd lief vir lees, onthou sy.

Sy beduie na die boek in sy hande. "Dit is so al of die skrywer ons jeugverhaal neergepen het. Net ander name en plekke gebruik het en ja, ek het lekker getjank op die einde, want hulle het nog nie bymekaar uitgekom nie!"

"Dit ís ons verhaal, Pauline. Ek is die skrywer."

Pauline se mond val oop van verbasing.

"Jy? Jy is die skrywer, A&P?" wil sy verstom weet.

"Ja, Maar ek het jou nou weer gekry na al die jare, so ek sal seker maak die lesers kry 'n gelukkige einde wanneer ek die opvolg en slot skryf," belowe hy en glimlag vir haar gesigsuitdrukking.

Vreugdetrane rol oor haar wange toe sy besef wat Adriaan bedoel. Sy stap sonder huiwering in sy arms in toe hy dit oophou vir haar. Met sy duime vee hy haar trane van twee-en-dertig jaar se verlore liefde af en laat sy lippe strelend oor haar klam ooglede gly voor dit vlindersag op haar lippe land.

"Om te dink, my seun en jou dogter is verlief en hier vind ons mekaar ook weer na al die jare," sê Pauline sag.

"Ja. Ons het so het soveel verlore tyd om in te haal, maar daar is ook soveel misverstande wat uit die weggeruim moet word. Waar sal ek begin? Jy het soos mis voor die son verdwyn, en dit het my tot raserny gedryf, want ek het geweet dit is nie wie jy is nie en tog het dit gebeur. My Ma het stilswyend haar skouers opgehaal met my eerste naweekpas. "Dit is maar hoe die mensdom is my kind," was haar woorde. Dit het diep en seer gesny; ek wou dit nie glo nie. Op parade wanneer die peloton Sersant die briewe uitdeel het ek bly hoop, maar al briewe wat ek gekry het was van my Ma en die wat ek vir jou gestuur het met 'n stempel agterop return to sender," sê Adriaan en neem 'n sluk van sy koffie. Pauline sien hoe die gisters in sy blou oë blou oë afspeel toe hy verder vertel. Hoe hy na sy diensplig na haar gaan soek het, maar iemand anders by die adres aangetref het hulle was nuwe intrekkers en het glad nie die Ekron familie geken nie die bure kon ook nie help nie. Daar het hy besef dat dit 'n doodloopstraat is en is toe Winkelspruit toe om by die C.S.V. Kamp waar hulle ontmoet het te gaan afskeid neem.

"Ek kan net nie verstaan waarom jou Ma nie my adres vir jou aangestuur het nie, want toe ek met haar oor die foon gepraat het, het sy my belowe sy sal so maak. Al wat ek dink wat kon gebeur het, was dat sy my adres misplaas het en nie geweet het waar om my in die hande te kon kry nie. Onthou, ek het nie jou adres gehad nie, want jy het self nie geweet waar hulle jou gaan plaas nie. Omdat ons getrek het, het ek my nuwe adres vir jou Ma gegee om vir jou aan te stuur, en as sy dit verloor het was daar geen manier dat sy my kon opspoor nie. Dit was ook die laaste keer wat ek met jou ma gepraat het.”

“Maar waarom het sy dit van my weerhou dat ek ’n seun het?” vra Adriaan

“Toe ek niks van jou hoor nie het ek aangeneem jy het aanbeweeg en wou ek jou nie bind deur ’n kind nie, want sonder liefde werk geen huwelik nie. Daarom het ek net ’n kort brief vir jou ma geskryf en haar meegedeel van Johan se geboorte. Die brief het ek ook gepos toe ons met vakansie in Port Edward was saam met my pa-hulle. Dus, as sy my sou wou opspoor was dit ook ’n doodloopstraat, dus was daar geen manier dat jou ma kon weet waar om my te kry nie. Ek glo toe jy my nie kon opspoor nie het jou ma die inligting van jou weerhou om jou nog verdere seer te spaar. Dink net hoe swaar het sy aan die geheim gedra, wetend sy het ’n kleinseun wat sy nooit gaan sien of aanraak nie. Haar swye was om jou pyn te spaar, maar sy kon nie die geheim saam met haar graf toe neem nie die, dat sy jou om haar sterfbed vertel het, sodat sy in vrede kon sterf. Dit wys jou ons dien ’n God van wonder wat gebede verhoor op Sy tyd en nie ons sin nie en laat Hy elke legkaartstukkie presies pas volgens Sy plan,” snik Pauline, terwyl trane vrylik oor haar wange rol.

“Nou verstaan ek die hart van ’n moeder wat alles opoffer net op haar kind die seer te spaar. Vir al die jare het sy die seer alleen gedra. Net jammer sy kon nie sien hoe haar gebede verhoor is nie, maar tog dink ek sy sit met 'n groot glimlag op haar mond en kyk hoe haar gebede ontvou beslis meer as waarvoor sy gevra het," sê Adriaan skor.

"Om te dink, my seun en jou dogter se liefde het ons het ons weer bymekaargebring. Wys jou maar net, ons dien 'n God van wonders wie se wee ons nie altyd verstaan nie," glimlag Pauline.

Nadat hulle uiteindelik sovêr kom om die koffie te drink, trek Adriaan haar orent.

"Kom laat ons ons vreugde met die kinders gaan deel. Hulle gaan dalk geskok en verbaas wees, maar hulle sal gou daaroor kom," skerts hy voordat hy haar teer soen, en hulle hand aan hand by die woonstel uitstap.

Met die troumars wat 'n nuwe begin en 'n pad van liefde uitbasuin, kom Karen stralend en prentjiemooi, aan haar pa se arm die paadjie afgestap. Die oomblik toe Adriaan die deurskynende sluier lig, en haar 'n afskeidskus op die wang gee, pink Pauline 'n vreugdetraan vinnig weg.

Met Adriaan se stewige handdruk oorhandig hy sy dogter aan Johan.

"Jy is beeldskoon, Hartedief," fluister Johan toe Karen by hom inhaak.

Die dominee maak keelskoon. "Ek het die huweliksformulier, vir julle so bietjie aangepas. Om julle ontmoeting en pad saam beter te omskryf.

"Karen, weens diefstal van Johan se hart, vonnis ek jou lewenslank tot harde liefdesarbeid in Johan se hartstuin, ongeag mooiweer of stormweer.

"Johan vir jou stel ek aan as bewaarder van Karen se hart. Jy sal haar beskerm, met warm liefde teen die ongenaakbare storms van die lewe."

Ringe word aangesit, waarna die predikant hulle as man en vrou verklaar.

"Nou mag jy maar jou bruid soen, Johan," sê hy met 'n breë glimlag.

www.ingramcontent.com/pod-product-compliance
Lightning Source LLC
Chambersburg PA
CBHW050600160726

48003CB00002B/976